愛心嬤
天兵娃

王力芹 著

羅莎 插畫

【推薦序】惜福培福：最珍貴的傳家寶

林秀蓉（國立屏東大學中文系教授）

力芹學姊，是我就讀大學時的助教，待人謙恭，處事熱誠，又寫得一手好字；記得當時用蠟紙刻鋼版的年代，上課講義皆出自其筆，字體娟秀，結構堅實，真是賞心悅目。婚後相夫教子之餘，投注心力於作文教學與文學創作，無論扮演哪個角色，總是認真稱職，足為學妹們的榜樣。

文學創作，對力芹學姊而言，已成為安身立命的歸宿。自十五歲開始投稿，迄今持續筆耕，並時獲文學獎的肯定。創作文類多元，包含詩、散文、小說、童話、兒童故事、少年小說等，出版著作近五十冊，是一位創造力旺盛且作品優秀的作家。整體而言，其題材大多記錄時代變遷下的庶民生活、思維與情感，內涵上則厚實生命內在的韌度，散發人情互動的溫度。最值得一提的是，她本著幼吾幼以及人之幼的情懷，關注家庭的親子關係與教養問題，用心創作具有啟蒙性與教育性的少年小說，曾獲國家文化藝術基金會出版的補助，如2011年的《誰?跌進了豬屎坑》，2015年的《張開另一隻眼》。

《愛心嬤天兵娃》以第三人稱全知觀點敘事，描寫蔡家三代同堂、樂善好施的故事。以虔誠向佛的蔡家阿嬤為靈魂人物，透過她見證台灣社會的變遷，從第二次世界大戰物資匱乏的艱辛，經台灣經濟起飛的富庶，到世界金融風暴的危機，深悟共體時艱的重要。因此，阿嬤持守勤儉愛物的原則，積極救苦濟貧的行善，潛移默化之中，為孫子們深植大愛與慈悲的種子，傳承惜福與培福的寶藏。

「啟蒙」與「教育」向來是少年小說的永恆主題，書中阿嬤同體大悲，為大眾造福，進而啟發孫子們對於生命意義與價值的認知，彌足珍貴。全書核心意旨，朗現於抄經堂裡的二則法語：「年年不忘春耕，自然能夠秋收；時時不離助人，自然能得人助。」、「生來之福有限，故應惜福；積來之福無窮，故須培福。」前法語意謂努力耕耘，助人利他；後法語則提點惜福培福的重要。這些法語正是愛心嬤的寫照，唯有廣種福田、歡喜培福，才是真正的福報。身教重於言教，孫子們深受愛心嬤的影響，自組善心勸募團為清貧同學募款，建立關懷弱勢、利益人群的人生觀。

莎士比亞有句名言：「生活裡沒有書籍，就好像沒有陽光；智慧裡沒有書籍，就好像鳥兒沒有翅膀。」強調「閱讀」在生命中的重要地位。優質的少年小說，是指引少年順利進入成人世界的最佳心靈導師，它提供少年閱讀的樂趣、文學內涵的薰陶，以及人生經驗的學習。《愛心嬤天兵娃》內容幽默風趣，蘊涵生命智慧，兼具啟蒙與教育的意義，是一本優質的少年小說，值得推薦。

【推薦序】幸福的滋味

彭素華（兒童文學家）

《愛心嬤天兵娃》闡述的也許是尋常百姓的居家故事，其中沒有奇幻的魔法，也沒有引人入勝的曲折情節，但讀起來卻有一股清新的味道，如同躺在青青草地，摸不著也抓不到，卻可以感受到溫暖陽光撫摸著肌膚，清甜的草香沁入心田。

故事中的阿嬤，讓我想起了自己的阿嬤。阿嬤不識字，也說不出甚麼大道理，一生甚至過著艱苦貧困的生活，但任何的打擊都沒有動搖過她心懷慈悲的人生信念。我記得那一年，就在過年的前幾天，我剛從外面和一群童黨玩鬧回來，還沒進家門，看見一位年紀約四五歲的小女孩蹲在我家門口。

「嘿！妳是誰啊？蹲在這幹嘛？」我問。

小女孩沒有回答，只是用一雙乾涸空洞的雙眼看著我。不知為什麼，我竟打了一個寒顫，心中泛起一股酸酸的感覺。我立即閃進家門。阿嬤見我，剛要開口罵人，我立即用看見女孩的身影堵住她的嘴，果然，阿嬤中計了，趕緊跑到外面查看，沒多久又跑進家門，拿了幾顆剛滷好的滷蛋，塞進女孩手裡。女孩像餓死鬼投胎一樣，小小的嘴巴塞進整顆滷蛋，由於猛然的吞嚥，噎得幾乎不能呼吸，眼睛爆凸，滿臉脹紅，還不斷用手拍打胸口。

「不急！不急！慢慢吃！」阿嬤邊說邊輕撫著她的背。等到女孩呼吸順暢後，阿嬤簡單詢問過她的家境，便要女孩在門口等候，接著從家裡提出一個大袋子，裝滿我家過年準備的雞鴨魚肉。這下不得了，換成我幾乎不能呼吸。

「阿阿……阿嬤！妳妳……妳幹什麼呀！這是我們過年要吃的菜耶！妳

要拿到哪裡去？」我眼睛爆凸，滿臉脹紅，還不斷用手拍打胸口。

「小孩不懂，別囉嗦！」

接著，阿嬤牽起女孩的手，往她的家走去，當然，我死拽著那一大袋的雞鴨魚肉，也不得不跟去。

原來，女孩是墓園臨時工的女兒，一家連爸爸媽媽在內，一共七口擠在小小的房子裡，除了小女孩，還有比她更年幼的弟弟妹妹，不是躲在牆角猛力地吸手指頭，要不就是餓得撿地上的東西吃。每一個，都和小女孩一樣，有雙乾涸空洞的雙眼，在看見阿嬤手中拎著食物時，瞬間煥發出閃亮的光彩。

忽然間，我腦袋像被狠敲一棍一樣，「轟」一聲一片空白，原來，我們家並不是世界上最窮的人。此時，我鬆開了緊拽袋子的雙手，看見女孩的爸爸媽媽不斷鞠躬感謝，眼中泛著淚光。

走在回家的路上，我默默牽著阿嬤的手，我知道，我們今年的過年不再有我等待一年的大雞腿和紅燒肉。但，不知道為什麼，心中竟覺得滿滿的，一種比大魚大肉更大的滿足。

我們那個年代，沒有《愛心嬤天兵娃》書裡，像捐愛心年菜這樣的活動，如果有，我相信我的阿嬤也會掏光她的積蓄，捐一桌年菜，只為給更貧窮的人家，一份幸福的滋味。

她們都一樣，不會說什麼人生大道理，但都身體力行著——慈悲為懷！

目次

愛心阿嬤老番癲

「源泉啊，怎麼不吃青椒肉絲？」

「青椒有個味道，我不喜歡。」

「每種菜都要吃身體才會健康，電視廣告裡說營養……什麼……」

「阿嬤，是營養均衡啦！」典峰脫口幫阿嬤完成要表達的想法。

「源泉，不可以挑食。」爸爸也開口了。

「噢。」源泉不得不意思意思夾了一條青椒絲。

「這樣怎麼夠？」阿嬤說著夾起一大把放進源泉碗裡，「多吃一點。」

「阿嬤……」

面對著碗裡一大撮青椒，源泉簡直欲哭無淚，看見弟弟妹妹兩張幸災樂禍的臉，頓時覺得自己境遇悲慘。

「源泉，你這什麼苦瓜臉？真是好命不知，想我們從前哪有這樣好命……」阿公的話未說完就被阿嬤打斷，「好了啦，吃飯吃飯，你說這些，小孩會消化不良。」

「哼，哪有這麼嚴重？」阿公愣愣看著阿嬤，不是她要源泉吃菜嗎？怎麼自己幫她發聲，反被這樣指責？

「你再逼源泉，他等一下還不是跑去吐在馬桶？」阿嬤說著還瞅了源泉一眼。

「那多浪費。」

「是嘛，所以你愛吃就多吃一點。」阿嬤這樣跟阿公說，阿公也只能無奈的搖搖頭。

※※※

活過六十幾個年頭的蔡家阿嬤，雖然出生在二次世界大戰末期，且戰爭期間物資十分缺乏，當時是個襁抱幼兒的她不曾有過深刻印象，但是在稍微長大後每當聽到家人回憶起那些在苗栗山區裡躲空襲苦不堪言的日子，也會在心裡跟著附和，甚至自然而然冒出一陣陣心酸。

台灣光復初期，民生凋敝百廢待興，蔡家阿嬤從兒童過渡到少女時期，正逢上父親因病去世，她跟隨寡母也經歷了一段不算短的辛苦歲月，那時才真正明白貧窮真像一只大鼎，讓人舉得雙手痠軟，可是為了生存、生活，母親那年代的女子，生命韌性出奇的大，無聲無息中教了她很多，她從此明白即使生活再苦再累都得堅持、都得努力。

民國五十幾年政府的政策是以農業培養工業，那時蔡阿嬤即將成年，順勢搭上這班手工業順風車，家裡經濟漸漸好轉，一家人的生活於是改善許多，總算熬到苦盡甘來。

六零年代十大建設推動之後，台灣更是走上客廳即工廠的輕工業階段，初婚的蔡阿嬤，依然做著她熟悉的家庭代工。

台灣許多家庭和蔡阿嬤原生家庭一樣，經歷過困苦，才慢慢撥雲見日。但三十幾年過去，昇平日子過久了，民眾對抗惡劣環境的能力似乎在不知不覺中有減弱趨勢。蔡家阿嬤看到現在年輕人的不知惜福愛物，不免憂心，好環境、好福氣都是過去默默累積才能得到，如果不懂得再蓄積，福報也是會耗盡。

※※※

「典峰啊，沒吃乾淨以後會娶麻臉老婆喔！」阿嬤對正要下餐桌的老二這樣說。

「呵呵，小哥以後會娶麻臉老婆，呵呵……」老三筱薇笑著嚷嚷，老大源泉也沒放過這個損弟弟的機會，「那就是雀斑男配麻子女囉，呵呵……」

因為阿嬤一句話平白成了兄妹取笑的對象，典峰實在心有不甘，他摸摸自己臉頰上那幾顆不很明顯的雀斑，狠狠瞪了哥哥一眼，光是瞪還消不了怨氣，他還用手肘頂了哥哥一記，然後很不高興嘛嘴說：「阿嬤，我吃乾淨了！」

筱薇迅速現出報馬仔姿態，她傾身看了典峰的碗一眼，立即實況回報，「阿嬤，小哥碗裡還有飯粒。」

「吃完它。」阿嬤下的命令簡潔有力。

「哪還有？」典峰低頭一看，瓷碗的邊緣真黏著兩顆飯粒，才兩顆飯粒阿嬤也不放過，真是的，手一抹把兩顆米飯帶進嘴裡，毀滅了證據。

典峰這動作算是願意承擔，而且也愛惜了物資，蔡家四個大人看在眼裡，也就不再說他什麼，只是抿嘴笑笑。

只是他的大哥和小妹，就沒大人的肚量，抓住機會還是要笑話他。

「還說沒有，那你剛吃下什麼？」筱薇緊咬不放。

「要妳管？」瞅了妹妹一眼，然後自以為想了個好答案，「我吃仙丹啦！」

「仙丹嗎？」源泉反應超敏捷，碗筷一放，手臂內外搓揉一番，然後搓出一顆小黑丸，遞上前要給典峰，「喏，仙丹在這裡啦！」

「噁心，你留著自己享用。」

瞬間超大笑聲從蔡家的窗戶一波波震出去。

「咱人哪就要惜福，一顆飯粒都不能浪費喔。」

阿嬤雖然做下結論，但家人震耳的笑聲反而讓她想起從前種種，因此幽幽說道：「我小的時候，若是一粒飯粒掉在地上，我阿嬤，你

們的祖太，就會罵我們討債（台語，意思是浪費），然後還要念一堆。」
「那然後呢？」筱薇真愛追根究柢。
「然後，還有什麼然後，就撿起來再吃進肚子裡啊！要惜福嘛！」
「嗄？那多髒啊！」又是筱薇出聲。
「髒？」阿嬤頓了一下說：「我還不是活到現在……」
「還很健康的。」典峰為阿嬤加上註解，大家又笑了。

※※※

一向安居樂業的台灣民眾，萬萬沒想到進入二十一世紀才沒多久，就來了一場來勢洶洶，沒幾人抵擋得了的金融海嘯。
這一波金融海嘯不預警的襲捲全球，全球各地哀鴻遍野，台灣也沒能倖免，民國九十八年元旦過後不久，一波波高科技產業員工被迫放無薪假，或者休三作二，從沒想過的工作機制在這個時候紛紛出現。更慘的是，有些公司在接不到訂單的狀況下，負責人為了減少虧損，乾脆結束營業，於是造成了龐大的失業人口，數以萬計的新貧族分布台灣南北各地。

「喔，真的是景氣壞到沒話說，整條街的店面關了一半，咱苗栗市也一樣呢，再這樣下去，大家要怎樣過日子啊？」

阿嬤邊看電視邊發表個人感言，同年代的阿公也有著英雄所見略同感受。

「真的是呢，好像又回到咱們小時候，是說我們這些老人過去經過那種苦日子，現在是還能忍受，只是現在的小孩一向好命慣了，他們怎麼會受得了？」阿公說著還瞟一眼孫子們的房門。

「是啊，我們家還算是幸運了，集翔和如意都在公家機關上班，影響還算小，看那些吃人頭路，老闆說裁員就裁員，還有那些自己開店做生意的，生意一落千丈。真替他們擔心呢，失業就沒薪水，沒生意也就沒收入，日子要怎麼過唷？」

「又不是只有我們台灣這樣，全世界都是一樣。」

「你說的是沒錯，不過看到我們台灣人日子快過不下去，你不會替他們難過嗎？」阿嬤瞅了阿公一眼，「虧你也是台灣人。」

「那不然要怎樣？為了跟他們同甘共苦，叫集翔和如意不要領薪水，我們也……」阿公賭氣的話還沒說完，阿嬤就一肚子火了，「說那什麼話？我又不是這個意思。」

「不然妳什麼意思？」

「我只是看那些人過得那麼辛苦，心裡很不捨，你就故意講這些什麼……」

眼看爸媽為了全球性的經濟大衰退起了紛爭，蔡集翔不知該說什麼，他分別看了父母一眼，為了避免父母繼續為這件事抬槓，趕緊跳出來當和事佬。

「阿母，阿爸只是順口隨便說說，他沒那個意思啦，阿爸也知道阿母是菩薩心腸，看人家受苦心裡就會難過。」

「對啦，集翔說得對，妳是菩薩，只是妳這尊菩薩，對別人好，對我就……」蔡阿公喃喃地說道，蔡集翔不想要父親再挑起母親稍稍被他安撫的情緒，他撥了撥老爸的手，再持續安撫老母：「阿母，遇到這種情況我們就多布施，多幫忙那些需要被幫忙的人嘛！」

「呃……對喔，我怎沒想到布施幫忙那些人，明天我就去大明寺問問師姐。」阿嬤停了一下，以讚許的眼神看了兒子一眼，笑著說，「集翔，你說的真對呢！」

蔡阿嬤除了在孫子學校擔任義工，虔誠向佛的她，也在住家所在的苗栗市大明寺擔任義工，不定時支援寺方各種任務。過去她也曾隨著另個慈善組織探訪貧苦人家，遇到弱勢家庭有困難，她義不容辭慷慨解囊，每月按家裡七口人繳交七百元功德款，是固定的奉獻，倘若遇到突發狀況，阿嬤更是竭盡所能的出錢出力，幫助有困難的人士。

蔡集翔這時提到多布施，蔡阿嬤開始在心理盤算著，如何運用她所存下兒媳每月孝敬她的零用金，去做些回饋社會的事。

※※※

阿公阿嬤剛才一陣吵，把在房裡溫書的三個孫子分別都引了出來，蔡家老三筱薇邊走出自己房門還邊啜泣著，爸爸一個箭步向前，關心問道：「怎麼了？筱薇。」

「她一定是又想起林月環了。」從兩兄弟房間先一步出來的典峰說。

「林月環是誰？」

「林月環是筱薇的同學，他們全家都死了。」典峰搶著回答。

「……」爸爸一聽愣住了，雖不清楚事情來龍去脈，不過心裡多少有點譜，必然和這波不景氣脫離不了關係。阿嬤則是從沙發起身上前攬住筱薇的肩膀，安慰她，「筱薇，不要再難過了，妳的同學已經被阿彌陀佛接去西方極樂世界，比她在人間幸福多了。」

「真的嗎？」筱薇抬起頭看阿嬤，那一雙淚眼晶晶瑩瑩。

蔡阿嬤一早去孫兒學校當義工時，就已從議論紛紛的義工媽媽們那裡知道，有個學生家長耐不住經濟壓力，選擇燒炭自殺，連孩子也受到波及。只是那時沒想到這個學生是筱薇班上同學，直到放學去接孫子，看到筱薇哭紅的一雙眼，一問之下阿嬤才清楚。

蔡集翔則是綜合了母親和兩個兒子的說法，終於對林月環事件有一個完整概念，當然對發生這樣的不幸事件也感到不勝唏噓。

「唉，林月環的爸爸怎會這樣想不開，有困難應該尋求支援啊！」

「是啊，大人過不去，也把小孩的命賠進去，可憐哪！」阿嬤接著爸爸的話聯結到她自己的童年，「我九歲的時候，我阿爸生病死了，我阿母咬緊牙關幫有錢人洗衣服，養大我和弟弟妹妹，那時我阿母要是也想不開，現在我哪能好好的活在這裡。」

「對啊，沒有阿嬤就沒有爸爸，沒有爸爸就沒有我們。」筱薇停止哭泣推演著邏輯，然後煞有其事的向阿嬤行了鞠躬禮，「阿嬤，謝謝你。」

「呃？」還沉浸在苦難回憶的阿嬤一臉茫然。

「筱薇是說因為有阿嬤才有爸爸，也才有我們。」典峰不甘寂寞的為筱薇解釋，末了還徵詢了一下，「是不是這樣？筱薇。」

「對啦！」

阿嬤懂了，但還是愣住，半晌她才開口說：「那要謝謝我阿母，你們的查某祖（曾祖母），是她能忍受生活裡的各種艱苦，才能把我和你們舅公跟姨婆養大。」

「我怎麼都沒看過查某祖？」筱薇問得很認真。

「我都沒看過了，妳更不可能看到。」源泉說。

「為什麼？」

「笨哪，那就是查某祖已經死了嘛！」典峰說。

「阿嬤不是說查某祖很勇敢，再怎麼辛苦都咬牙過著，怎麼她也……死了？」筱薇以為阿嬤的母親是看不開尋死的。

「筱薇啊，我阿母不是想不開喔，她是年輕時太辛苦了，才活到五十多歲就生病死了。」

「噢。」

「說妳笨還不信。」

「典峰，不可以這樣說筱薇。」媽媽一出聲，典峰只好抿著嘴坐到阿公身旁。

※※※

一家人在客廳裡看電視，真是溫馨無比。但是電視新聞還是偏晦暗的報導多，阿公忍不住又發表高論了。

「照這情形來看，恐怕是會越來越嚴重……」阿公話還沒說完就被阿嬤喝止，「你不要亂說，烏鴉嘴。」

阿公趕緊摀住嘴，安靜看他的電視。

這一波經濟大衰退，許多家庭在一夕之間鬆垮了經濟，成人揹負沉重的生活壓力，沒多去尋求各種解決之道，一逕陷在死胡同，鑽不出之後就選擇以死為解脫，甚至連孩子的生命也一併做了決定。

「阿嬤，林月環以後都不會來學校了，嗚嗚……」筱薇被新聞報導影響情不自禁又哭了。

「廢話，林月環死了，當然不會再去上學，笨。」典峰隨口這樣說，引來剛從廚房端水果出來的媽媽小呼一下後腦勺，「跟你說過多少遍，不能用『笨』這個字說人家，你老是記不住，你就有比別人聰明嗎？」

「嘿嘿。」典峰邊摸後腦邊賊笑。

「還有筱薇是為她的同學難過，你不但沒安慰妹妹，還這樣吊兒郎當，對嗎？」

「真衰。」典峰撫著後腦走向哥哥，嘴裡還嘟囔了一句。

「誰教你愛說話。」老大源泉帶著幸災樂禍的語氣。

「要你管。」

「誰愛管你？」

眼看兩兄弟唇槍舌劍，又將展開一場鬥嘴，蔡集翔大手一張，分別攬住兩個兒子肩頭，語重心長的說：「想想看，你們多幸福，不愁吃穿，還可以在這裡抬槓，這一波經濟不景氣，有多少小孩被迫提前面對生活壓力，你們知道嗎？」

「呃……」

兩兄弟被爸爸這樣一說，分別仰頭看著蔡集翔，多少都有點不好意思，這時正好電視新聞在播報消費券新聞，聰明的老大趕緊轉移話題，「阿嬤、阿嬤，妳趕快看，新聞在說政府要發……」

源泉這一招果然成功的把家裡除了阿公以外的三個大人的注意力轉到電視新聞，他才能好好喘口氣。源泉慶幸能巧妙脫離爸爸的訓話，但仔細想想還真是像爸爸說的那樣，他們是幸福的小孩，有得吃有得住，還有電視可看呢！

「唉唷，咱的政府怎麼這麼好，要發錢給我們，那我就更有錢去布施了。」阿嬤樂陶陶的說著，連剛剛還為了失去一個同學而難過的筱薇也為之眼睛一亮，「真的喔，阿嬤那妳就是『好額』人了。」

阿嬤一聽愣了一下，光是政府為刺激消費所做的政策，她就是有錢富翁嗎？孫女也太天真了，阿嬤抿著嘴笑，順便還摸摸筱薇的頭，筱薇被摸得有點莫名其妙。

「不是錢啦，笨蛋。」

「新聞說可以拿去買東西，那不是錢是什麼？」電視新聞明明說可以拿去買東西，為什麼小哥說那不是錢？筱薇一頭霧水。

「那是消費券，不是錢，笨啊！」

「阿嬤，妳看小哥啦，一直罵人家笨。」筱薇向阿嬤告典峰一狀。

「剛剛才跟你說過，不要說人家笨，你就很聰明？」

「嘿嘿……」典峰又以賊笑回應媽媽。

「我們的政府其實也很用心，為了促進國內的消費，為了挽救不斷惡化的經濟局勢，特別發行了消費券，新聞報告也說日本也打算推出這個措施，面對這一波金融海嘯，每個國家都推出不一樣的政策，還不就是想要讓自己本國的經濟趕快恢復。」這回是爸爸說的。

「每一個人都有吧？」阿嬤還真是要弄個一清二楚。

「是啊，大人小孩都有。」

「真的啊，那媽媽，是不是我也有？」筱薇睜著慧黠大眼問，如意以點頭代替回答。

「哇，太好了。」筱薇拍手叫好，隨後又自言自語了一句，「那……林月環不知道有沒有?」

「厚,蔡小尾,妳真的很『啪代』呢,林月環都已經死了,哪會有?」

「喔,好可惜喔!」

筱薇的感嘆讓客廳的氣氛瞬間凝重了起來,一家人心裡各自都有一番想法。兩個男孩想的是可以怎麼用自己的那份消費券,阿公則是一貫的面無表情,反正他的永遠是老伴的,不管政府最後怎麼發放,或是發放多少,依照過去數十年的慣例,交給老伴支配就沒錯。

阿嬤呢?對於這筆天外飛來的禮物,心裡多少是喜孜孜的,因為加上老伴的那一份,她能夠奉獻出去的額度就加倍了。

至於這家的中堅份子集翔與如意兩人,對於政府的美意固然是持正面肯定,但在他們心裡卻仍然對本島低迷的經濟憂心忡忡。

阿嬤專注看著電視主播的播報,一聽說大人小孩都有份,連現在還在媽媽肚子裡的娃娃都有,竟然不假思索脫口便說出:「這麼好,連媽媽肚子裡的娃娃都有，那……集翔，你和如意就再生一個……」

「嗄？」如意大感意外之外還慌了一下，連忙看向丈夫，集翔接到太太眼神，立刻開口說道：「媽，妳別開玩笑了！」

「老番癲了才這樣，想要消費券，就叫如意再生一個，妳要笑死人哪？」

「呵呵……」

阿嬤其實只是隨口提出餿主意，愛心無限的筱薇倒是很認真思考解決方案，「阿嬤，妳很缺錢嗎？不然我的大豬公送給妳。」

「呃……阿嬤不缺錢，乖孫。」阿嬤揉揉筱薇的頭，「阿嬤只是想到景氣這麼差，有很多人失業，日子過不下去，阿嬤是想要有多一點錢可以……」

「捐出去。」源泉搶先幫阿嬤把話說完。

「是啦，是啦！」

三個孫子把阿嬤圍住，不停誇讚阿嬤，「阿嬤，難怪我們學校的人都說妳是愛心阿嬤。」

「我家有個愛心阿嬤。」

「阿嬤，有妳這個愛心阿嬤真好。」

「呵呵……沒有啦！」

悲慘的童年往事

「唉唷，冷死人了。」剛進門的阿嬤縮著身子，說話時牙齒還打著顫。

「愛出去還嫌冷。」

「啥？」阿嬤不敢相信阿公沒心疼她，居然還這樣說她。

「天氣冷在家就好就愛出去。」阿公還在叨唸。

「說我愛出去，我這是為誰去忙啊？」阿嬤說著提高手上的塑膠袋，還故意在阿公眼前晃，阿公的眼珠子像釘在電視機似的，只顧著電視畫面，沒轉到阿嬤手上的塑膠袋，錯失了見風轉舵的機會。

「垃圾車早就過了。」阿公竟然還冷冷說道：「誰教妳愛出去？」

「什麼？還在說我愛出去？」阿嬤真的生氣了，塑膠袋往餐桌一放，雙手扠腰數落起阿公來了，「還不是吃晚飯的時候，你說想吃路口那個燒仙草，我好心去買回來，你還說這風涼話。」

「啊……」阿公想著該怎麼接下去，「我只是隨口說想吃燒仙草，誰知道妳真的跑去買了？」阿公的解釋好不委屈，可阿嬤根本懶得理會。

「算了，不給你吃了。」阿嬤說著逕自朝孫兒們房間喊著：「源泉、典峰、筱薇，出來喔，阿嬤買燒仙草回來了，來吃燒仙草喔！」

阿嬤的呼喊比超大磁鐵還具吸引力，三個兄妹立刻從相鄰房間旋風似的

衝了出來，一不小心兩股風勢糾結一處，同一房間的兩個男孩撞在一起了。

「『扯電風』你跑那麼快幹嘛？又沒叫你去扯電扇。」老大指著老二罵，老二也不甘示弱的回他一句，「『扯醃腸』要慢慢扯，不然扯斷了就沒人要買囉！」

「哼，扯電風。」

「呵呵，扯醃腸。」

「扯電風。」

「扯醃腸。」

「扯電風。」

「扯醃腸。」

兩兄弟誰也不肯認輸，就僵在房門口拿彼此的綽號互相攻擊，這一扯就扯個不停，年紀最小的筱薇邊跳邊走邊偏轉幾十度角，向兩個還扯得沒完沒了的哥哥行注目禮。一時間筱薇有種撿到最大便宜的快樂，於是笑著大拍其手輕快跳向餐桌，同時不忘回頭向兩個哥哥宣示一下，「大哥、小哥，你們兩個慢慢扯，隨便你們要扯電風或是扯醃腸，燒仙草我全吃囉！」

「？？？」兩兄弟彷彿被雷擊似的各震了一下，腦袋瓜不約而同都想到了：鷸蚌相爭漁翁得利，不就正是這樣？

源泉、典峰兩兄弟這一驚，非同小可，尤其又想起，阿公講古的時候講過識時務者為俊傑這個詞。

如果現在還互扯不完就太不明智了，還是識時務一點才是！

可不是嗎？連阿嬤都在提醒了。

「你們兩個還要扯多久？燒仙草讓筱薇吃光了，阿嬤是不負責的喔！」

源泉、典峰兩兄弟分別扭頭去看妹妹，看見她當真把整張臉埋在裝燒仙草的紙碗裡，正吃得津津有味。如果他們兩個再不肯互相退讓一步，恐怕只能看著妹妹把桌上那兩碗燒仙草都吃得碗底朝天。

兩兄弟同時停止叫喚對方的綽號，又動作一致的滑到餐桌邊，老二伸手就要掀開另一碗的塑膠蓋，情急之下老大拍掉老二的手，差一點打翻那一碗燒仙草。

「幹什麼啦？扯醃腸。」一典峰氣得咬牙切齒。

只見源泉深吸一口氣忍下即將發作的反擊力，然後一派輕鬆說道：「那是阿公的，你不能動。」其實一來是他眼尖看見阿公已經起身要離開沙發，二來這一勸阻至少能讓燒仙草免於被典峰單獨霸佔。

「呃……」老二典峰的手彷彿被下了魔咒，就這麼定格在半空中。

「呵呵……阿公的燒仙草誰敢動？」阿公笑著走過來。

「典峰啦！」

「我又還沒動到。」

「好了，兩個兄弟這麼愛吵，再吵，一口都別想吃。」

「噢。」

「哼，誰說要給你吃了？」阿嬤一個箭步上前，雙手護著那碗燒仙草，彷彿再慢一步，就會連紙碗都會被阿公吞下肚似的，「這我是要給我的心肝寶貝孫子吃的，沒你的份。」

源泉和典峰看見這一幕忍不住笑了起來，就連本來埋頭猛吃的筱薇也抬起頭來望著阿公笑，甚至還開口糗阿公。

「厚，阿公，阿嬤生你的氣了喔！」筱薇邊說還邊以舌頭舔著嘴巴四周黏稠的仙草。

「生氣會快老，你阿嬤就是這樣。」阿公真是大舌閣興啼（台語俗諺，意思是哪壺不開提哪壺），專挑不中聽的話來說。

「你說啥？真的不給你吃了，源泉、典峰，來，你們兩兄弟共吃這一碗。」阿嬤很快的掀開塑膠蓋，並且放進湯匙往前推給兩個孫子。

「嗄？真的不給我吃？」阿公雙手相互交疊在胸前，看著三個孫子吃燒仙草吃得津津有味，他卻只有看的份，不禁嘆了一口氣，「哼，還說妳有愛心，連我是你丈夫都不給我吃了，妳還有愛心啊？妳會愛誰？」

這是多麼嚴重的指控啊！阿嬤怎能平白忍受阿公這樣的誣陷。

「筱薇，等一下留一口給你阿公吃，不然他又說我沒愛心了。」

「喔，好。」

「呵呵，阿公，我也會留一口給你啦！」

「好好好，你們都跟阿嬤同一國，我不跟你們好了。」

「不好就不好，人家我們才不怕你咧，對不對？」阿嬤分別攬住三個孫子，「阿嬤的心肝寶貝孫。」

蔡家的阿公和阿嬤就是這麼愛鬥嘴，三個孫兒也都明白，連分別由書房和後陽台趕來的爸爸、媽媽，也只是咧嘴看著兩個老人好玩的抬槓。

「集翔，你來得正好，你老爸說我沒有愛心，你給我評評理，我是沒有愛心的人嗎？」阿嬤要爸爸為她伸張正義。

「媽，妳當然是有愛心的人，不然這三個小孩怎麼會長得這麼好？」

「對嘛，對嘛，阿嬤是最有愛心的阿嬤。」

「妳阿嬤會買燒仙草給妳吃，妳當然說她有愛心囉！」阿公瞅了筱薇一眼。

「才不是咧，阿嬤對『塞襖貴』也很好。」典峰嘴裡還含著燒仙草，話因此也像燒仙草那樣黏黏稠稠，不仔細聽還真聽不清楚。

「什麼粿啊？怎會叫做『塞』（台語，意思是大便）頭粿，真癩哥（台語，意思是骯髒）呢！」阿嬤皺起眉頭。

「阿嬤，不是啦，是『菜頭粿』啦！」典峰吞下燒仙草，話說得清晰多了。

「菜頭粿你阿嬤愛吃，她當然好啊！」阿公還是要損阿嬤。

「阿公，我說的不是我們吃的菜頭粿啦，菜頭粿是我的同學蔡濤貴啦。」

「啥？菜頭粿是你的同學，那……你是什麼粿？」

「阿公……」典峰沒想到阿公會來個回馬槍，不依的直跺著腳。

「你阿公就是這樣三八啦。」阿嬤攬著典峰的肩，「我們不要理他。」

「最好是不要理我，就不要妳拿不到衣櫥上的被子，要我拿給妳，到時候我不拿，妳就會冷死。」

「厚，這麼惡毒。」阿嬤瞪了阿公一眼，阿公反而笑了，「呵呵，騙你的你還當真，呵呵。」

「呵呵，阿公和阿嬤像小孩子。」筱薇說。

「哪是？阿公和阿嬤在曬恩愛。」源泉說。

「啥？曬啥？」阿公和阿嬤帶著又緊張又不好意思的表情同時發問。

「呵呵……」其他家人全笑了。

蔡家人即便是在言語上互虧，也算是一種情感交流的方式，尤其是在景氣寒冬時，一家人珍惜相處時光，偶爾製造一些生活小樂趣，讓心情免於跟著新聞報導中的可憐可悲可嘆事件低落。

事實上蔡家阿嬤是個資深感性人類，每當她看到悲慘的新聞事件，眼淚總是像關不緊的水龍頭，滴滴答答掉個不停。

遇上這種時候，阿嬤都用手指捏住鼻翼，盡量不讓鼻涕滑出鼻孔，她不想讓家人看到她的糗樣，可是一不小心還是發出吸鼻涕的聲音，儘管不是很大聲，但還是會跳進同在客廳看電視的孫子們耳裡。

「阿嬤，妳怎麼了？」筱薇移動屁股靠過去依著阿嬤問。

「……」阿嬤搖搖頭，「沒什麼啦！」

「妳阿嬤是愛哭神啦！」阿公老是喜歡讓阿嬤出糗。

「啥？什麼神？」典峰問。

「愛哭神。」

「阿公，愛哭也有神喔？」

「啊就……」阿公不知道怎麼自圓其說了。

「阿嬤，妳怎樣了？我給妳惜惜，妳不要哭了啦！」筱薇還是安慰阿嬤。

「我就……」

「妳就怎樣？就是愛哭嘛！」阿公真是的，非得把阿嬤損得吹鬍子瞪眼睛的他才甘願。

「你看電視新聞說那個人全部財產只剩下五十塊錢，他用剩下的五十塊去買木炭，那麼可憐的人，我就不信你看了不會哭。」阿嬤說完突然想到阿公真的沒哭，不但阿公沒哭，其他人也沒哭，全家只有她一個哭了。

自己這是什麼情形？淚腺特別發達嗎？還是……

※※※

「咱攏總剩五十元，我看阿綿妳國校出業（台語，意思是畢業）就好，阿母準備一擳甘蔗讓妳去賣，或者是妳要去加工區做女工（女性作業員）？」

「阿母……我……」

「妳按怎？」

「我想要閣讀冊。」

「阿綿，查某囝仔菜籽命妳難道毋知影？」

「……」阿綿低垂著頭，想著菜籽落在哪處就在哪處生長，不免自憐了起來。

「阿母知影妳愛讀冊，但是咱兜遮散赤（台語，意思是貧窮），若是恁三個人攏在讀冊，阿母按怎負擔得起？」

「……」

「閣再講妳是大姊，若是沒和我鬥陣賺錢，咱一家人日子會足歹過，甚至會餓死嘛不一定，阿綿啊，妳卡委屈一點，冊留給阿弟阿妹去讀，咱兩人作伙維持這個家，好麼？」

※※※

往事在這個當下跳出阿嬤的腦海，不禁再憶起自己和母親弟妹曾經的清苦年代，阿母也曾經只剩下五十元而已，但阿母是和她好言商量，雖然為了撐起一家生活，沒能繼續讀書，小小年紀就投入就業市場，可是至少一家人都熬過窮苦的日子，如今雖然老母已逝去，但弟弟妹妹都各有安穩的生活，尤其自己隨夫婿落籍苗栗後匆匆已過四十年，生活靜好，這不就是最好的了。

「為什麼那個人要這樣想不開呢？」阿嬤讓自己的思緒回到現在。

「是啊，難道真的沒其他辦法了嗎？」阿公也附和。

「不只他一條命，還有　家子那麼多人。」阿嬤帶著濃濃鼻音。

阿嬤為新聞報導的家庭燒炭自殺事件感到不捨，嗚嗚的繼續往下說，

「真是可憐……昨天我去買燒仙草時，就想到這麼冷的天，那些失業沒收入的人，他們要怎麼過這個年呢？」

「阿嬤……」筱薇因為新聞的五十元買炭報導，聯想起一個多月前失去的同學，不禁也潸然落淚。

「妳看妳啦，就愛哭，害得筱薇也跟著妳哭。」阿公叨念著阿嬤。

阿嬤被阿公一念，想起筱薇的同學也曾有過同樣的情形，為了卸責，轉而指控阿公，「都是你啦，看這什麼新聞，換台換台。」

「什麼我？明明是妳。」阿公說是這麼說，但他也沒怠慢，趕快拿起遙控器切換頻道，其實是他也心疼孫女，不想讓筱薇老是想到不好的事情。

※※※

經濟寒冬的年代，老天竟還落井下石。

入冬後寒流特別多，一波波冷鋒不留情的襲捲台灣本島，使得窮苦人家在面對壞到極點的景氣時，又因天氣過於寒冷而心情鬱悶，越發讓他們覺得人生沒有希望，陸續發生了多起為人父母者禁不住龐大的經濟壓力，帶著孩子選擇以毀滅性方式結束生命的事件。

攜子燒炭自殺的新聞迭有所聞，這樣的新聞事件總讓阿嬤不忍心。

「唉唷，夭壽喔，怎麼三天兩頭就有這樣的新聞？」

「日子太難過了嘛！」

「趕快換台，不要讓筱薇看到，不然她又要難過了。」

「大人實在不可以這樣，人家說好死不如歹活？日子再難過，咬緊牙關，忍過去一定會慢慢變好。」阿公邊操作遙控器邊說：「我們從前不是也這樣？」

「是啊，就不知道怎麼會變成這樣？」

「集翔不是說過一句『留得青山在，不怕沒柴燒』？」

「話雖是這樣講，不過現在的人忍耐力就沒以前好。」
「是說遇到困難就向親朋好友先周轉一下嘛！」
「話是這樣說沒錯，但是現在的社會人情味比較淡薄，這些人可能也真是走投無路了。」阿嬤頓了一下再說，「所以我們更要多幫幫這些人。」
「呃？」阿公看了阿嬤一眼，「妳不是都有在布施？」
「是有啦，平常都有在做的。」
「平常？那和現在有不一樣嗎？」
「現在快要過年了，和平常當然不一樣。」
「……」阿公有點迷惑。
「過年總要圍爐過年，這也不懂？」阿嬤吐嘈阿公。
「……」阿公還是沒有想法。
「這樣還想不通？我們要不要過年圍爐？」
「當然要啊！」

「那就對了嘛，窮人家也要過年吧！」

「喔，是喔。」

「現在接近年關，我看到 7-11 和全家都有那個愛心年菜，我想去捐個愛心年菜，讓那些沒錢的人至少也跟我們一樣，可以好好圍爐吃個像樣的年夜飯。」

「喔……」阿公這時總算豁然開朗了，「妳說的也對。」

於是阿公和阿嬤默默商量認捐愛心年菜，他們是想兒子媳婦忙工作忙家計，三個孫兒年紀還小專心讀書就好。

但蔡家阿公和阿嬤這個為善不欲家人知的計劃，一不小心還是被要上廁所的源

泉聽見了，身為大哥的源泉回房前先把隔壁房的妹妹招來房裡，三人一起在兩兄弟房裡討論。

「我聽到阿公和阿嬤要捐愛心年菜喔！」

「什麼是愛心年菜？」筱薇問。

「就是送年菜給窮人啦！」典峰回答得很直白。

「你們說，我們要不要也學阿嬤和阿公那樣捐年菜？」源泉鼓勵弟弟和妹妹也仿效阿嬤的作法，奉獻愛心，寒冬裡給弱勢同胞一股暖流。

「可是，大哥，我們又不會煮菜。」

「不必妳煮啦，笨。」典峰又以笨字形容妹妹。

「我們沒煮菜，怎麼會有年菜？」

「說妳笨妳還真笨，我們捐錢出去，他們自然就會找大廚師煮了啦！」

「哦——」

「所以去把妳的零用錢拿來。」典峰以命令口吻說。

「為什麼只拿我的？」

「怕什麼？又不是只叫妳出，我也有錢。」儲蓄不多的典峰說得還真理直氣壯。

「別擔心，我們也會出錢的。」源泉的說法總算讓讓筱薇釋懷了些，但她還是在意公平與不公平。

「可是你們也會出一樣多嗎？」

「唉唷，你真囉嗦，會出一樣多啦！」典峰顯現不耐煩。

「你會出一樣多？」筱薇露出不相信的眼神，到底她是清楚她小哥的，小哥的零用錢還真的都拿去零花了。

「喂喂，蔡小尾，你少在那裡門縫裡看人喔？」

「呃？」筱薇頓了一下問源泉，「大哥，小哥說的什麼意思？」

「這也不懂？」典峰趾高氣昂的說，「就是叫妳不要把我看扁了。」

「看扁？你是圓的又不是扁的。」

「喔，我拜託你，蔡小尾，妳到底有沒有大腦啊？」典峰拍著前額，大有秀才遇到兵的無奈。

「我當然有大腦啊，在這裡。」筱薇拍拍自己的頭。

「好了，你們兩個別鬥了。」源泉一聲令下，「筱薇，去把妳的錢拿來。」

「做什麼？」

「捐愛心年菜啊！」

「喔，好。」

錢包是否長了腳

年節的氣氛，在媒體炒作下，越到年下越是濃厚。

想到要和哥哥們一起捐年菜，筱薇的熱情也因此滔滔翻滾著，大哥要她回房拿錢，她立刻就回房，因為她等不及要效法阿嬤奉獻愛心。

一跑回房，筱薇就開始翻箱倒櫃找她的零用錢。

每個抽屜都拉出來，就是沒看見裝零錢的小皮包。

「欸？奇怪了，怎麼不見了？」

不信邪，就連床底衣櫥都找過，還找得滿頭大汗，卻只在第一個抽屜裡摸出一個十元，那個裡面裝著她摺得四四方方的鈔票和一些零錢的小錢包，還是不見蹤影。

「難道是遭小偷了？」筱薇第一個聯想是失竊，第二個聯想是小偷身分，「大哥？二哥？」錢包不見了的緊張和失落，促使筱薇不及細想，直接認定，「可能是二哥，他最喜歡買飲料喝，零用錢常常花光光，肯定是他。」

筱薇怒氣沖沖的回到哥哥房間。

「哼，小偷。」

「呃？」源泉和典峰一時搞不清楚妹妹到底怎麼了，回個房間拿錢，再回來卻是一句罵人的話。

「筱薇，妳怎麼了？」源泉口氣是關心的。

「吃錯藥喔？錢呢？拿來啊！」

筱薇本來就已經將典峰當成嫌疑犯，這時更因他口氣不像大哥帶點關心，反是衝味十足，而且要錢的口吻更是咄咄逼人，這成了點火棒，把筱薇肚子裡那股氣全點燃了。

「偷了人家的錢，還敢再跟人家要錢？」筱薇恨恨的說，「小偷。」

有道是「士可殺不可辱」，典峰一聽妹妹當面說他是小偷，一種被羞辱的感覺立時自心底生起，忍不住緊抓著筱薇的手，要她把話說清楚。

「說清楚？誰是小偷？」

「你啊，偷了人家的錢還這樣？」

「妳說什麼？我偷了妳的錢？」典峰氣得用力甩了筱薇的手，因而撞上門框，筱薇頓時痛得眼淚搶著滑出眼眶，嘴巴也沒閒著，一張開就哇哇大哭。

「嗚嗚，痛死了啦！」

「你幹什麼甩得那麼用力？」源泉向前一面看看妹妹的手，一面說了典峰，廚房裡忙著揀菜洗菜的阿嬤彷彿聽到警報似的急急趕來，「怎麼了？筱薇是怎麼了？」

「小哥啦，嗚嗚，他把人家的手甩去撞門框啦，嗚嗚……」

「誰教她亂說話。」

「我才沒亂說咧，偷了人家的錢還敢說？」

筱薇的話再度讓典峰火冒三丈，他才不管阿嬤就在跟前，一出手又推了筱薇一把，筱薇沒留意，整個人往後踉踉蹌蹌，這一踉蹌，自己站不穩撞了門板不打緊，還把阿嬤也撞得彈到牆壁。

「唉唷。」阿嬤膝蓋一軟，跪坐在地。

「啊！」筱薇驚叫一聲。

「厚，你該死了，把阿嬤撞倒了。」典峰先一步指責筱薇，源泉站在客觀立場罵了弟弟一句，「是你推筱薇，她才會撞到阿嬤，你還敢惡人先告狀。」

就在這時如意正好下班開門進來，看見阿嬤癱坐在甬道，急急趕上前來，一邊挑著眉眼問孩子們，「這是怎麼一回事？」然後蹲下身去扶起阿嬤，「媽，妳有沒有怎樣？」

「就小哥啦……」

「誰叫筱薇誣賴我……」

「他們兩個……」

三個孩子七嘴八舌搶著報告，上了一天班的媽媽不免心浮氣躁，大聲斥喝一句，「都給我閉嘴。」

「？？」停好車隨後進門的集翔已從空氣中聞到一股煙硝味，再看到孩子的媽正扶起老母，老母那已有狀況的膝蓋似乎撐得很吃力，趕忙換上室內拖鞋，也三兩步匆匆趕了過來。

「阿母，妳怎麼了？」

「我……」阿嬤眼一挑，看見集翔鐵青的臉色，再看看剛剛被媳婦吼住的孫子，個個大氣不敢喘一聲的模樣，當下決定掩去真相，「我就要上廁所走太急，滑倒啦。」

「呃？」一對父母三個孩子，五個人發出的聲音不是普通的大，阿嬤被這一聲給嚇得往後彈，這次是自己撞了牆壁，右膝一個痠軟，單腳跪了下去。

「阿母，妳……」兩夫妻同時出手去扶。

「阿嬤……」三個孫子是緊張得齊聲喊著。

「你們這麼大聲，要嚇死我啊？」阿嬤忍著痛。

既然一家之主回來了，如意就將混亂現場交給集翔去處理，她要趕快下廚煮晚餐了。

「我去煮飯，這裡讓你處理。」

「噢。」集翔回應如意之後，立刻詢問孩子，「誰來告訴我剛剛發生什麼事？」

「阿嬤不是說她要去尿尿走太急……」典峰真是蠢到家。

「你當你老爸沒大腦啊？會相信阿嬤這個說法。」集翔嚴詞以對，三兄妹不由得戰戰兢兢。

「……」三個孩子你看我我看你，沒人開口說話。

「沒事啦！」

集翔看得出來他老母明顯是在袒護孫子，他乾脆先請孩子的阿嬤離開。

「阿母，妳要不要去客廳看電視？這裡讓我來就好。」

「現在又沒有連續劇。」

「不然妳也去廚房看看如意要煮些什麼？」

「我去廚房鬥鬧熱（台語，意思是湊熱鬧）啊？」

「妳去幫如意，這樣可以快一點吃晚飯。」

「你餓了啊？」

「嗯。」

「那好啦，我就去幫如意吧！」阿嬤心疼兒子，果然中計離開。

看著阿嬤背影消失，源泉三兄妹的神經一下子繃得超緊的。

「你們說，到底怎麼一回事？」

「他們兩個……」

「就小哥啦……」

「誰叫筱薇誣賴我……」

三個兄妹又是一陣搶白，彷彿沒協調好的樂團荒腔走板的演奏，集翔實在不知從何聽起，癟著嘴唇不發一語，單純只是用眼神掃視了孩子一圈，三個小孩宛如觸電一般，不約而同都閉上嘴，集翔一看情況控制下來了，這才緩緩說道：「一個一個來。」

這回三兄妹是你瞅我我覷你的，就沒人先開口說話。

「源泉，你是大哥，你先說。」集翔只好點名。

「嗯……」源泉先是一愣，他得想想從哪裡開始說，為了不讓爸爸知道他們三個兄妹打算捐愛心年菜的事，他決定簡略說明，「筱薇就不知道為什麼跑來我們房間說典峰偷了她的錢……」

「我才沒有，是筱薇誣賴我。」典峰等不及源泉說完，立刻補上自己的辯解。

「可是我就是找不到我的錢包啊！」筱薇也有話要說。

「找不到錢包就亂給人栽贓，哼！」被誣陷的不爽教典峰再度反駁。

「筱薇，妳的錢包找不到，並不代表……」

爸爸話還沒說完，媽媽從廚房探出一顆頭，向著他們說：「筱薇的錢包嗎？在我們房間哪！」

「呃？」

「厚，妳看，錢包在媽媽那裡，還亂誣賴人。」典峰覺得自己真是夠衰了。

筱薇很納悶，難道錢會自己長腳溜走嗎？怎麼會跑到爸爸媽媽的房間了？她一心想著她的錢包，沒想到該向委屈了大半天的典峰道個歉，就急急要去找媽媽，是爸爸及時喊住了她。

「筱薇，妳誤會了哥哥，應該怎樣？」

「噢。」筱薇不得不暫停腳步。

爸爸這話總算是站在典峰這邊，典峰不無有了依靠的感覺，惡狠狠看著筱薇，等著一個該還給他的清白，筱薇多少也為自己沒有弄清事情的真相，就胡亂誣指小哥感到歉疚。

「小哥，嘿嘿，對不起啦！」筱薇小有尷尬。

儘管筱薇話裡還夾帶嘿嘿賊笑，典峰也不計較的大方接下了，「嗯。」

媽媽剛才的小小現身後又快快縮回廚房，然後她先請阿嬤接手下廚的工作，自己則是邊走出廚房還邊在圍裙上擦抹雙手。

「媽，我的小錢包怎麼會跑到你們房間？」

「唉唷，筱薇，難道妳的小錢包有長腳、會走路？」阿嬤的聲音從廚房飄出來，她說得很認真，大家卻是聽得臉上三條線。

「小錢包哪可能長腳？阿嬤。」筱薇隔空回應。

「我的意思當然是妳自己拿去妳媽房裡的啊！」阿嬤說。

「筱薇啊，妳真沒人腦呢，昨天妳拿零錢來跟我換一張一百元。」

「啊，對噢。」媽媽一說筱薇瞬間恍然大悟，但她還是有疑問，「那錢包怎麼會在你們房裡？」

「妳換完錢後只顧一直跟我說學校的事，後來妳回房間的時候忘記帶走，就丟在我們床上。」

「那還在不在？」

「當然還放在我們房裡。」媽媽揉揉筱薇的頭，「錢包又沒長腳。」

「噢，好加在。」筱薇一聽呢喃了一句，便推著媽媽進房去拿自己的錢包了。

「我就說嘛，哪有錢包會長腳的？」阿嬤的自言自語又從廚房裡飄出來，卻是沒有人認真在聽。

筱薇捧著她的小錢包，風也似的衝出媽媽房間，直接就衝進哥哥們的

房間，嘴裡還興奮的嚷著，「大哥、小哥，這是我的零用錢……」

跟著筱薇後面步出房間的媽媽，倒是看傻了眼，不是剛剛還劍拔弩張的，現在卻是這般融洽。想想，到底還是孩子，情緒來得像夏日的午後雷陣雨，不須多久就雨過天青了。

媽媽甩甩頭，還是進廚房忙晚餐的飯菜要緊，孩子的事讓他們自己學著處理。

筱薇前腳才踏進哥哥房間，出其不意的被早已站在門邊伺候她的兩個哥哥摀住嘴，兩個人四隻手層層疊疊壓住她的口鼻，不但她興奮的語音瞬間凝固，還害她差一點沒辦法呼吸。

「唔唔……」筱薇奮力要掙脫，兩個哥哥見狀越是使勁。

「唔唔……」筱薇兩手像鴨子划水般在空中胡亂撥著，一張臉漲得通紅，源泉發現不太妙，趕緊鬆了手，典峰的手因為疊在他上頭，自然的也就被頂開了。

「呼呼呼……」喘吁吁的筱薇彷彿要將剛才沒吸到的空氣一次補足，略彎著腰，雙手壓住膝蓋，大口大口的呼吸。好半天她才站直，生氣的輪流瞪著兩個哥哥。

「有沒有怎樣？」源泉關心的問道。

「不會死的啦！」典峰的風涼話任誰都聽得出來還有未消的被誣陷怒氣。

「……」筱薇還喘著說不出話來。

典峰看見妹妹瞪他，也不服輸的怒瞪回去，並且張大嘴巴用氣音說著：「妳那麼大聲幹什麼？要讓阿公阿嬤和爸媽都知道啊？」

筱薇是聽懂典峰的話，可她還真納悶，為什麼不能讓家裡的大人知道，他們又不是要做壞事，好不容易呼吸順暢些的筱薇，偏偏還是少根筋，她發出這樣的疑問：「哥，好事為什麼怕……」

源泉本想經過典峰的警告，筱薇應該明白他們是要默默進行，才能符合為善不欲人知的精神，哪知道白目妹妹無論如何都是白目。他不等筱薇問完，又伸手去摀她的嘴，只是這次懂得放輕力道。

面對又一次話沒說完就被摀上嘴巴，筱薇實在莫名其妙，兩個哥哥到底在做什麼，話都不讓她講。而這一切又被在廚房無用武之地要回房的阿嬤瞄到，她也是一個莫名其妙，兩個孫子架住孫女，到底是發生什麼事？

難道就為了剛才的錢包誣賴事件，兩個哥哥就要聯手向妹妹討回公道？是說，什麼時候開始，源泉和典峰站在同一條陣線？

阿嬤顧不得要回自己房間，身子一轉就向著三兄妹來了。

「源泉、典峰，你們在做什麼？」

「噢，沒啦，阿嬤。」

「阿嬤不是有講過？哥哥不能欺負妹妹。」

「我們知道。」

一時間八隻眼睛互相凝視，卻又都沒能正確傳遞各人想法。源泉看典峰、典峰看筱薇、筱薇看阿嬤，阿嬤倒是依序把三個孫兒上上下下都看了一遍，但她還是不懂兩個孫子心懷什麼鬼胎。

「那你們現在是在做什麼？」

「沒、沒、沒什麼啦！」兩兄弟口徑一致，順道給妹妹一個警告的眼神。

「沒？我就看你們兩個做哥哥的架著妹妹，還不讓她說話，真的沒什麼嗎？筱薇妳跟阿嬤說，沒關係。」

平常不怎麼會察言觀色的筱薇，在兩個哥哥眼神輪番警示之下，倒像開竅似的，說了讓哥哥們放心的話，「哥哥在教我抬頭挺胸。」

「？？」兩兄弟對看一眼，妹妹這算什麼回答。

雖然這句話似乎不很貼切，不過既然阿嬤沒察覺，源泉也就默不作聲，算了。

「喔，這樣啊，這樣就好、這樣就好，兄妹就是要這樣好好相處。」

阿嬤走了之後，筱薇張大嘴才想說話，只見兩個哥哥手又舉起，嚇得她趕緊往後縮順便閉上嘴，一邊還猛搖頭表示自己沒要說話。源泉則是探頭再看一下阿嬤是否又回頭，等到確定阿嬤已經進她房間，才回頭對筱薇嚴正說道：「妳沒看阿公阿嬤要捐愛心年菜也是偷偷在進行，他們就是不想讓爸媽發現。」

「為什麼？」

「爸媽如果知道了，一定又搶著要出這個錢，阿公和阿嬤就是不想讓爸爸多花錢，你不懂嗎？」

「哦——」筱薇似乎明白，不過她接著又說了一句，「阿嬤不要拿爸爸的錢就好了嘛！」

「唉唷，哥，你不要跟她說了，她聽不懂的，筱薇的笨你是知道的。」

「誰說我笨？」筱薇很不以為然的噘起嘴，「我知道我們做好事要偷偷做，不然爸爸如果知道我們把零用錢捐出去，他又會再給我們零用錢，他就要多花錢了。」

筱薇這一番話讓源泉和典峰驚訝得張口結舌，他們都不清楚筱薇是真懂得他們的想法？還是歪打正著？不過反正他們的用意就是這樣，兩人也就不再多叮嚀筱薇什麼了。

「典峰，把門關起來。」源泉發號司令。

「做什麼？」筱薇緊張的問。

「算錢啦！」典峰邊關門邊小聲回答。

「喔。」

三兄妹各把自己的儲蓄倒在房裡的桌上，分別數著自己的錢，典峰很快數完，報了一個數字「八十七元」。

「這麼少，你怎麼捐？」筱薇問。

「呃……奉獻不在錢數的多少，心意才重要。」

源泉在數數空檔抬起頭來睇了弟弟一眼，心想，這種話弟弟還真講得出來，真是不害臊。

不過他也知道典峰這個人愛喝清心的多多綠，一定把錢都花在那上頭，否則怎會只有八十七元可以奉獻。

最後數完的是筱薇，她的小皮包裡有四張百元鈔票，銅板算一算還有七個十元，所以她總共有四百七十元。源泉則是介於弟弟和妹妹之間，他有兩百一十元。

「這樣總共有八百一十七元，典峰，你全出。」

「嗄？那我就沒半毛錢了呢。」典峰隨後又加上一句，「為什麼我出全部的財產？」

「拜託，你已經是出最少的錢了，你還想怎樣？」

「可是那是我的全部呢！」

「全部又怎樣？那也是最少的。」

源泉這麼一說，典峰為之語塞，一時支支吾吾說不出話來，以比例來說他奉獻的是全部，可是以數字來說是最少的，這又是不爭的事實，他應該如何陳述才能保留幾塊錢在自己身邊，這可真讓他傷透腦筋。

在典峰沉思時筱薇突然冒出一句，「那個阿嬤說過啊，從前佛祖在講經的時候，有一盞燈特別亮，阿嬤說那是一個窮女人賣了頭髮點的燈，佛祖說雖然她的錢少，但是她的心意最真，所以燈最亮，所以，小哥……」

典峰一聽，依照筱薇這個說法，是在勸他不必多想全數捐出就對，是這樣嗎？

「所以什麼？妳說、妳說啊？」典峰的咄咄逼人嚇壞筱薇，她乾脆不開口，等著讓源泉善後。

「你別兇她，筱薇說的也沒錯，不過我們也要先弄清楚一份愛心年菜要多少錢。」

「喔，對喔。」典峰心裡小小開心了一下，最好一份愛心年菜不需要很多錢，可以讓他留個十塊錢買飲料，可是他的如意算盤還是白打了，因為源泉做了這個決定，「不過不管一份年菜要多少錢，你的錢要全出。」

「嗄？那我還是沒半毛錢囉！」典峰一副可憐兮兮，筱薇看在眼裡，再想到剛才對他的誤會，興起彌補他的心念，「啊，小哥，我書桌抽屜還有一個十元，給你好了。」

典峰看著這個不久前誣陷他，老是被他取笑笨蛋的妹妹，願意賞他十元，不知道該說她這舉動是不念舊惡，還是給他的精神賠償？無論哪一個因素，典峰都很害怕她一回頭又反悔了，因此毫不遲疑拍一下筱薇的肩說，「謝謝囉！那我就不客氣了。」

「呵呵……」小哥的接受，筱薇有如釋重負的感覺，因而靦腆笑著。

「那我現在就去7-11門看看愛心年菜的價格。」源泉開了房門就往客廳大門走，還不忘跟爸爸報備一聲，「爸，我去7-11一下。」

「噢。」爸爸的頭埋在報紙裡。

「爸，我也要去。」緊跟在後的典峰也向爸爸報備，殿後的筱薇當然也沒忘記，這是阿嬤教過出門必告家人的規矩，她連著喊，「爸、媽、阿嬤，我跟大哥、小哥一起去。」

等阿嬤反應過來走出房間，三個孫子已經沒了蹤影，阿嬤喃喃自語道：「這三個小孩是在做什麼？我怎麼都看不懂。老伴啊……」

「阿爸不在家啊！」客廳裡看報的爸爸這才抬起頭回應阿嬤。

「啊，對喔。」

阿嬤這才想起阿公跟她說，要去7-11問問愛心年菜怎麼捐，只是怎麼去這麼久還不回來？

而現在她也不懂了，這幾個孫子這時去7-11做什麼？他們到底要買什麼東西呢？他們媽媽都已經在煮飯了啊！

無解的阿嬤垂下頭再踅回房間。

※※※

源泉沒想到弟弟妹妹跟著他一起出門，心裡雖不大爽快，但也沒要他們兩個回去。

很快到了住家巷口的7-11，蔡家三兄妹魚貫走進，7-11那招牌「叮咚」聲音才響完，三人就看見阿公也在裡面。

「欸？阿公呢！」典峰率先說了，聲音忘了壓低，阿公聽見熟悉聲音，轉頭一看，小小吃了一驚，「源泉啊，你們三兄妹一起來7-11啊？」

典峰睜著大眼睛盯著阿公，他們都已經在7-11裡了，阿公問的不是廢話嗎？

「你們要買什麼？」阿公再問。

「我們……」筱薇才開口，兩個哥哥分別扯她左右手，害她差一點踉蹌跌倒，想想今天真是衰到爆，她到底是招誰惹誰了？

一起捐愛心年菜

年關下該忙的年終大掃除，由蔡家第一代和第三代，祖孫總共五人聯手打理，至於中生代的集翔和如意夫婦，則是各自忙著工作崗位上的事。

對於景氣寒冬所產生層出不窮的社會可憐事件，一家七口都心有不忍，但也不約而同的盡各自所能的一份社會公民心力。

源泉三兄妹在7-11找到的資訊是，7-11和世界展望會合作，為急難家庭圍一個暖暖的爐，民眾只要捐出一萬元，7-11就為急難家庭準備一桌七菜一湯的年菜。

「啥，要一萬元喔？」典峰率先叫了一聲。

「這麼豐盛的菜當然不便宜嘛！」筱薇說的也是實話。一萬元對有心想捐年菜的蔡家三兄妹來說是天文數字，三個人這才對於沒錢有更深的體會。

「沒錢真的很難做事呢！」

「我現在知道了。」

「知道什麼？」典峰問筱薇。

「知道林月環爸爸的痛苦了。」

「嗄？」兩個哥哥實在不明白筱薇真正的意思。

「沒有錢的痛苦，難怪他要燒炭……」筱薇話還沒說完，兩個哥哥已經十分緊張的各拉她一隻手，源泉說的是，「筱薇，別難過了。」典峰則是說：「你該不會也想……」但才說到這裡，源泉就死命瞪著弟弟，「你不能說點別的嗎？」話裡大有責怪典峰哪壺不開提哪壺。

「我只是擔心筱薇她……」

「你就不要再說這個嘛！」

一旁的筱薇實在有點丈二金剛摸不著頭緒，兩個哥哥到底在爭論什麼？好像和她有關。

「哥，你們說我怎樣？」

「唉呀，沒怎樣啦！」源泉雙手一張各把弟弟妹妹都攬住，「還是討論愛心年菜吧！」

「那要怎麼做呢？大哥，我們又沒這麼多錢。」筱薇果然很快回到原來的話題。

「應該還有其他的吧？」出資最少的典峰想法較多。

「小哥，什麼其他的？」

「說不定全家也有愛心年菜，走吧，我們去全家看看。」典峰一說反而讓源泉有了新想法。

※※※

全家和家扶中心合作的愛心年菜規模雖然小一號，三菜一湯一甜點，所需金額依然是高過三兄妹的奉獻基金總數，要價一千九百八十元，他們總財產是八百七十元，就算加進筱薇抽屜裡的十元，也還是不足的。

最後經過三人商量達成一個共識，那就是回到7-11，認捐每份一百九十九元的富貴黃金油雞腿，他們認捐了四份，總共七百九十六元，剩下七十四元，源泉和筱薇平分，一人分得三十七元。

「欸，為什麼只有你們兩個可以拿回三十七元？我就沒有。」典峰發出不平之鳴。

「拜託，你總共才拿出八十七元，還想分剩下的錢？太那個了吧！」

「太哪個？我們是三個人一起出錢，剩下的錢當然也要三人平均。」

「你想要分剩下的錢？」源泉頓了一下不客氣的說：「那你乾脆不要參

加，八十七元都拿回去好了。」

哥哥這話一說，出資最少的典峰也就不敢再抗議自己沒能分到剩餘的錢，想想也還有筱薇送他的十元，無魚，蝦也好。

※※※

捐過愛心年菜（註）之後，蔡家祖孫因為各自完成心願，心情似乎都特別愉悅，顯然做了善事會讓人神清氣爽。如果還有什麼可以做的，那就是寄予所信仰的宗教，集合廣大信眾的力量，為生活在這塊土地上的人民祈福祝禱，能夠早一日否極泰來。

向來虔誠向佛的阿嬤，本就年年農曆初一都要到寺院禮拜，她想起大明寺的師父說過，集合眾人共修力量，所產生的正向能量遠比單獨一人的祈福要強很多，於是腦中閃過一念，「今年就邀全家南下佛光山去禮佛吧！」

念頭閃過後，阿嬤當下即發出邀約：「我看今年春節我們全家都去佛光山吧！」

「呃？」源泉頓了一下再發問，「阿嬤，妳們分會不是會去？」

「分會的師兄師姊是一定都會去的。」

「阿嬤，你就跟他們一起去嘛！」

「可是，今年我想改變一下。」

「呵呵……阿嬤也要變花樣了。」筱薇笑著說。

「不是什麼變花樣，是阿嬤想帶你們去山上看花燈，而且春節期間大雄寶殿前每天晚上都有上燈儀式，很莊嚴喔！」

「阿嬤，什麼是上燈？」筱薇問。

「笨，上燈就是點燈。」典峰搶著回答。

「那什麼又是莊嚴？」

「莊嚴喔？就……莊嚴嘛！」

「厚，不懂就不要逞強，你和筱薇一個半斤一個八兩。」源泉不留情的說了弟弟。

「哼，你就懂了？」典峰不認同。

「大哥，你說給小哥聽。」筱薇想找個強一點的靠山。

「哎呀，你們都不要吵，我們書都沒你們爸媽讀得多，問你爸爸媽媽最清楚了。」阿嬤才這樣建議，三人馬上轉向如意，「媽，什麼是莊嚴？」筱薇先問。

「莊嚴就是端莊肅穆。」如意的回答太簡潔了。

「那什麼是端莊肅穆？」

「呃？」如意頓了一下，改以孩子能理解的字眼說明，「就是……美麗的意思啦！」

「美麗就美麗，幹什麼要講莊嚴？」典峰撇著嘴不很認同。

「是……有氣質有內涵的美，和我們平常說的美不一樣。」集翔加了解

釋，也不知道孩子們聽懂了沒。

三個孩子雖然不見得明白莊嚴的意義，但一聽說是佛光山，又聽說有燈會，小小心靈也企盼能上佛光山一遊。

※※※

年節期間上佛光山禮佛的信眾特別多，停車場車滿為患。

「好多車喔，怎麼辦？沒地方停了。」筱薇從車窗望出去，到處是車，正杞人憂天著。

「放心，一定有位子停的。」

「你怎麼知道一定有位子？阿嬤。」

「我不是常和分會的師兄師姊來嗎？」阿嬤雖是這麼回答，但心裡也是大大的驚異，怎麼有這麼多人來佛光山？

「車還真的多呢，我看，集翔啊，你開到佛陀紀念館去停好了。」阿公說。

「唉唷，你也知道有佛陀紀念館啊？」阿嬤瞅了阿公一眼。

「我每天都有讀報和看電視新聞，當然知道佛陀紀念館。」阿公說得好不得意。

「後山會有位子嗎？阿公。」

源泉認為前山停車位已滿，後山的佛陀紀念館停車狀況恐怕也不相上下，要想找得到停車位大概也沒那麼容易。

「一定有的，佛陀紀念館那裡大得很呢。」

阿公的說法教阿嬤瞪大眼睛直望著，老伴還真是「黑矸仔底豆油」（台語俗諺，意思是深藏不露）。

但也因阿公這麼一說，爸爸準備把車掉個頭向著佛陀紀念館開去，眼前是趕快找到停車位才是要緊。

「那裡有人在指揮，找們就去停那裡。」半天沒說話的典峰指著路旁一個戴帽子的男人。

「那是私人的喔，他們是要收費的。」阿嬤趕緊補充說明。

「那就給他嘛！」源泉說。

「不會賺錢的人這麼大方。」媽媽說。

「嘻嘻……」源泉笑得尷尬。

「雖然從佛陀紀念館停車場到前山會走遠一點，不過不用花錢，省下來的錢可以布施。」

「阿嬤，什麼是布施？」筱薇問。

「布施就是奉獻啦，笨。」「典峰這樣說筱薇，馬上遭到阿嬤指正，典峰啊，阿嬤不是教過你，存好心、做好事、說好話？我們筱薇這麼聰明，哪裡笨了？」

就在集翔正轉著方向盤時，源泉眼尖看見有一輛車正要離開停車場，指揮的義工叔叔舉起手比出可以把車開進去的手勢。

「爸、爸，快，那個義工叔叔比著那裡有個車位。」源泉生怕爸爸沒看到，立刻大聲告訴爸爸，好讓爸爸順利把車開進停車場。

「師兄，感恩。」爸爸搖下車窗向義工叔叔道謝，義工叔叔雙手合十回一聲「阿彌陀佛。」

真是得來全不費工夫。

集翔停好了車，一家人陸續下車，再魚貫走出停車場。這時，典峰無來由的大叫一聲，「阿嬤，我們不是已經到佛光山了？怎麼還要走路？」因為聲量不小引來其他上山民眾目光，有人還吃吃笑著。

「噓，小聲一點，讓人家聽到會笑你的。」阿嬤用右手食指在嘴巴前比了一下，「佛光山這麼大，當然要走路，你們學校去戶外教學不是也要走路？再說這裡有很多殿堂，不走，怎麼到得了？」

「厚，你們都不早說！」

「幹什麼要早說？早說，你要怎樣？在車上等我們嗎？」爸爸輕拍一下典峰肩膀，「多走一點路又怎樣？阿嬤老人家都能走了，你『年輕力壯』，怎麼？『未老先衰』了啊？」

「呵呵……爸，最好我現在是『年輕力壯』！」典峰笑了幾聲後回應。

「你不年輕嗎？」爸爸反問，典峰一時語塞，「呃……」

「哈哈……小哥『未老先衰』，那小哥是小頭子囉？」

「小頭子？」

「扯小尾，妳欠打喔！」典峰才掄起右手，筱薇為了躲開就開始往前跑，典峰立刻追上，兩人都沒把媽媽的叮嚀聽進耳裡。

「筱薇、典峰，不要跑，會走丟。」

一家人從停車場向山上走去，來來往往也是到山上走春賞燈的民眾，典峰和筱薇早跑得不見人影，源泉因為年齡最大，不想在這大庭廣眾之下，和弟弟妹妹玩那小屁孩遊戲，因此沒隨著弟弟妹妹而去，反而是和阿公阿嬤爸媽等人一起，但他實在也覺得有點累，正在這時遙看萬壽園，眼尖看到有電梯，心想要是能搭電梯上去，少走一段路也是不壞。

源泉拉拉阿嬤的衣角。

「阿嬤，可不可坐那個電梯？」

「電梯？」阿嬤還沒意會過來，媽媽倒是先明白了，於是撥了撥源泉的手，「欸，你要搭電梯去哪裡？」

「搭電梯上山啊！」

「最好是搭電梯可以直接上山。」爸爸吐嘈的話源泉沒能聽懂。

「那電梯是要讓人家上去萬壽園探望往生的祖先。」媽媽再補充說明。

「嗄？是喔！」源泉吐吐舌，還好沒冒冒失失就衝向前去，他可沒有祖先住在那裡啊！

「你喔，才走幾步路就懶惰。」媽媽的語音才剛停下來，源泉已早一步向前跑，邊跑還邊說：「我去找典峰和筱薇。」

小朋友精力旺盛，集翔和如意一方面也沒那麼多體力跟著跑，另一方面還要陪著老父、老母，只得任由孩子們各自去了，他們知道，反正孩子跑累了會自己再找回來。

四個大人就這麼慢慢踱步向前，長長一條登山步道盡頭有一座許願池，一些民眾圍在水池前面窸窸窣窣說著，陸續有人投擲銅板，看起來是趣味成份多，祈願的成分少。蔡家爸媽和阿公、阿嬤稍停片刻看看熱鬧，然後繼續往前走，這時源泉反向迎著他們走來。

「媽，我找不到典峰和筱薇。」

「這兩個孩子真是的，愛亂跑。」集翔念了一句。

「沒關係，怎麼走都還是在佛光山裡面，不會不見的。」

「不然我們就到信徒中心那裡去等，說不定他們找不到我們，也會到那裡去。」

少了弟弟、妹妹作伴，源泉百無聊賴，於是邊走邊翻著剛剛在登山步道入口義工發給他們的燈會簡介，三個摺頁，全翻開就有四頁，第一頁紅色的底圖上印著「佛光山春節平安燈會」；另一頁是主旨，用中英文來說明，下面還有貼心的交通資訊；再過去一頁用八個小圖來呈現活動內容，需要注意的事項就印在這頁下面；最後一頁是時間表，標示出每一個活動的內容、時間和地點。

源泉一字不漏的看完了，還是不見弟妹的影子，爸媽已經到廣場去找，源泉陪著阿公和阿嬤，沒什麼可做，只好再把手上那張簡介翻來看。這次他看了另一面，左邊是佛光山所有殿堂區域圖，右邊是巡禮集印。

源泉仔細讀著集印說明。

「凡集印滿十二枚者，可兌換平安福袋乙只；凡集印滿八枚以上者（未滿十二枚者），贈送精美結緣品乙份。（可至各蓋章處領取，每人限領乙份）」源泉邊看邊想佛光山還真有心，為信眾準備了結緣品。

集翔好不容易找到典峰和筱薇，大老遠源泉就跑過去，建議著：「爸，我們去集印好不好？」

「集印？什麼集印？」典峰顯現高昂興致。

「這個啦！」源泉把手上的簡介攤開，全家人立刻全擠向前，集翔還在仔細研究，典峰早已看到「集印滿十二枚者，可兌換平安福袋乙只」等字眼，他雀躍地說：「好啊，好啊，我們快去吧！」

典峰說著就要往前衝，卻被爸爸的大手提住領子，那模樣有點像老鼠被大貓捉住，逗趣

極了。

「你別再亂跑了，等一下再喊錯媽媽，是會被別人帶回家做孩子，我們可不管你喔！」媽媽糗著典峰，源泉則十分好奇，典峰和筱薇不見的那些時間，到底惹出什麼笑話。

典峰到底剛剛發生什麼糗事，源泉一頭霧水，但他對這事十分好奇。

「怎樣了？典峰把別人喊成媽媽喔？」

「要你管。」當事人不想被看笑話，但媽媽卻將始末全說了出來。

原來集翔如意兩人分頭找孩子，遠遠的在五百羅漢前的靈山勝境看到典峰和筱薇，兩個孩子正慌張的東張西望，集翔如意正要上前去，卻見典峰拉著筱薇的手向著一位女士跑去，嘴巴還直喊著「媽媽、媽媽。」

等到跑近一看，兩個人才發現認錯人，那個女士還摸摸典峰的頭說：「小朋友，找不到媽媽啦？」還半蹲下來要幫忙，「小朋友，你叫什麼名字？這是你妹妹嗎？」

「還好我趕緊跑過去謝謝人家，不然你們兩個喔……」媽媽帶著慈愛摸摸典峰和筱薇的臉頰。

「現在開始不能再跑開，要全家團體行動。」爸爸下達命令。

然後，他們就從距離較近的淨土洞窟進行巡禮集印，接著穿過不二門，走過靈山勝境時，筱薇指著兩旁的五百羅漢向阿公和阿嬤問道：「阿公、阿嬤，那裡真的有五百個嗎？」

「什麼五百個？要說五百尊，佛像要說尊。」

「喔，好啦，五百尊。」筱薇

勉為其難的跟著阿嬤的說法走，但她想要瞭解的是，到底是不是真的有五百個，「我是說真的有五百個……喔，不是，是真的有五百尊嗎？」

「妳不會數數看嗎？」源泉這樣說。

「呃？那要數到什麼時候？」筱薇愣住了。

「沒時間讓你數，我們要去抄經堂蓋章啦！」

就這樣三個小孩跑在前頭，四個大人在後頭緊跟，經過朝山會館，沿著階梯兩旁還有佛光菜根譚法語，孩子們一切新鮮，停下腳步念個兩句，就又往前爬，一個動了，另一個就要追上去，三兄妹就這麼跑跑跳跳的穿越華藏玄門。

往回看，阿公和阿嬤，還有爸爸媽媽還在好幾階之後，三兄妹一方面也想稍微喘息一下，乾脆就站定等著和大人會合。

「哥，你看，前面就是大雄寶殿。」筱薇扯了源泉衣袖。

「我知道啦！」

「那我們去蓋章嘛！」

「大哥不是說先去抄經堂？然後再順路去大雄寶殿、佛光緣美術館。」

「呵呵，小哥你念錯了啦，這是佛光『緣』美術館呢！」筱薇手指著巡禮集印12的圈圈。

因為她的聲量不小，還引來經過的信徒注目，典峰推了筱薇一下，「你看人家都在笑了，不識字兼沒衛生，這是『緣』，看好，和『緣』長得不一樣。」

「這不是『緣』？哪會？」

筱薇很認真看著12那個圈圈裡的六個字，非常納悶，正在此時蔡家四個大人雖是稍帶氣喘，但也都爬完階梯，媽媽還來不及調整呼吸，筱薇攤著巡禮集印就問媽媽，「媽，小哥說這個是佛光緣美術館，對嗎？」

媽媽瞟一眼就回答，「是佛光緣美術館沒錯。」

「呃？」筱薇沒想到媽媽的回答是傾向小哥，她再次要確認的指著緣那個字問媽媽，「這個字是緣嗎？怎麼不是綠？」

「你再看仔細一點。」媽媽說。

「嗄，『緣』還真長得不像綠呢！」筱薇很認真的看上大半天後說。

註：本章所提到的7-11和全家的愛心年菜捐贈，皆是民國九十八年一月，己丑年春節前的愛心年菜資訊。

隨阿嬤佛寺走春

典峰和筱薇認錯媽媽之後，終於意識到人山人海當中，很容易就失去方向感，實在也擔心再和家人走失，於是收斂起玩心，和家人一起團體行動了。

華藏玄門下一家人站定，面向大雄寶殿阿嬤虔敬問訊禮拜，如意看見了也雙手合十拜了拜，源泉等三兄妹起而效尤，各自合掌禮拜，只是虔誠不足，虛應其事的擺了擺手便了事。然後一家人很有默契的朝迴廊的左側走去，源泉知道阿嬤要領著大家去抄經堂。

「這邊叫西淨，對面那邊叫東禪。」阿嬤手指向對側長廊。

「阿嬤，為什麼叫西淨和東禪？」典峰問道。

「呃……」阿嬤愣了一下才說：「我也不知道。」

「阿嬤，妳怎麼不知道？」

「小哥，阿嬤又不是師父，她怎麼會知道。」路過的信徒別過臉望著筱薇笑，筱薇感到怪不好意思，趕忙偎到媽媽身邊。

「噢……呵呵，是喔，阿嬤又不是……」

「好了，別老是胡言亂語。」媽媽拍了典峰一下，典峰不情不願的應了，「噢。」然後就跳到阿公身旁去了。

因為年節，長廊裡擺設了各式盆栽，喜歡園藝花草的阿公正可以好好欣賞一番。典峰一跳過來，撞到了阿公，阿公險些撞上雕得精美的枝條，幸好阿公急中生智，偏了一些角度，讓自己去撞欄杆。

「唉唷。」阿公忍不住叫一聲。

「大人大種（台語，意思是成年人）走得亂撞，還好意思唉唉叫。」阿嬤回過頭念了阿公。

「是小哥撞到阿公的。」

「要妳多嘴。」

「本來就你啊！」

「我……」典峰還想再辯，但被爸爸喝住了，「典峰，走路好好走，不要跳來跳去。」

「噢。」

「跟阿公對不起。」媽媽加了這個要求。

「阿公，對不起。」

「好好，沒事沒事。」

幾步之遙就是抄經堂的樓梯口，典峰首先發現樓梯口零零亂亂的鞋子，立即會意到要上樓一定得先脫鞋子。

「嗄？要脫鞋喔？真麻煩。」

「出門穿鞋你怎不嫌麻煩？」媽媽對典峰說了這一句，一轉頭，發現有人在竊竊笑著，媽媽自己臉都紅了，趕緊換個說法，「脫吧，你看，那裡有張紙條，『請在此脫鞋』，而且還有鞋櫃可以放鞋呢！」

媽媽語音才剛落下，典峰和源泉就爭相脫鞋上樓了。

「阿嬤，快一點啦！」眼看兩個哥哥迅速脫了鞋往上跑，筱薇急著催人。

「妳和哥哥先上去，阿嬤和阿公慢慢來。」

三兩步就蹦到樓上的源泉和典峰，先瞟一眼門外牆面上的文章和照片，想看又發覺文字真是多，乾脆放棄，直接拉開抄經堂的木門一腳便踩了上去。兄弟倆像疊在一起的小玉西瓜，一上一下打量著抄經堂的內部，發現裡面是個兩進式的布置，外面一區範圍比裡面那一區小，沿著牆面做了矮櫃，高度正像是可供人坐著的椅子，三面是這樣的，只有和抄經內堂接壁的那一面，是一整排高到成人胃部的櫃子。

源泉兄弟兩人眼珠子溜轉一周，便將大概全看進眼裡，和在裡面的義工師姊正好對上眼睛，師姊熱情地向他倆喊道：「來啊，進來抽號碼抄法語。」

「？？」兄弟倆都沒聽懂師姊說什麼，典峰因直覺聯想而開口說道，「抄經啊？」源泉其實也完全沒概念，對著弟弟提提眉、擠擠眼，兩人再不約而同的吐了吐舌，彼此心裡都溜轉過：還是免了吧，我們可沒有要出家呢！

「進來啊，不用怕。」師姊還是熱烈招呼，同時向他們走來。

師姊雖是要他們不要怕，但他們倆還真害怕，踏進去如果沒抄經不知道能不能出來？

「都上樓來了，就來抄個法語，開點智慧。」

兄弟倆一致愣了一下，彼此心裡都思忖到，智慧怎麼開啊？

兩兄弟正躑躅著進或不進，垂眼一看，抄經堂的木質地板還擦得真是亮，再看一眼自己的腳，實在不太敢一腳就踩進去，生怕把人家那麼光亮的地板踩出一個大黑腳印子，那就太對不起堂中央那尊佛了。

「來啊，進來抽個號碼。」原本站在裡面一點的師姊乾脆走到門邊來，

就把她手上的抽號筒順道遞上前，源泉和典峰一時都傻愣住了，佛寺裡竟然也玩起抽籤來了？

「嗄？抽籤？」源泉看看弟弟，典峰也看看哥哥，他們心裡都不懂了，佛光山不是佛教聖地嗎？怎麼也跟媽祖廟、天后宮一樣，有得讓人家抽籤問運勢的，真是奇怪。

「不是抽籤。」

「不是抽籤？那這是什麼？」

「這是號碼牌。」師姊拿出一支展示一下又放進筒子裡，「來啊，來抽一張。」師姊隨即把號碼筒往他們兄弟面前抖一抖。

「呃？」兄弟倆從剛才就發現籤筒裡的籤和他們跟阿嬤去關帝廟看到的不一樣，關帝廟的籤是油油亮亮深褐色細長的木條，這個抄經堂的籤和冰棒棍根本沒兩樣，難不成佛祖也吃枝仔冰？

「這到底是什麼籤呢？」這個疑問只在兄弟倆對看的眼神裡溜過來轉過去。

兩兄弟還沒回神過來，因為陸續有人上樓來，也有人要出堂去，兩人只好先閃到一邊，讓其他人先進出抄經堂，方才招呼他們的師姊，也先忙著招呼其他信徒了。

這時源泉典峰兩兄弟看見抄經堂裡一堆人，拿著筆和一張抄好的細長紙條走向師姊，一個師姊在那一張長條狀的紙上蓋章，再幫忙捲成一個小小籤詩，還用一個珍珠奶茶的粗吸管剪成的套子套住，另一邊則是一個師姊幫忙蓋集印。

典峰用手肘撞撞哥哥，示意哥哥該上前去集印，源泉回瞪他一眼，眼神說道，「我看到了，我知道。」

阿公和阿嬤終於也走上抄經堂來了，「源泉啊，你們站在那裡做什麼？進去啊。」

「阿公，這裡要抽籤呢！」典峰轉頭迎向剛踩上階梯的家人，也正好與一批完成任務的信眾擦身而過，看著他們人人臉上露出心滿意足的笑容，更是整個的參不透，到底進去再出來有什麼差別？

「呃？」阿公也是一頭霧水，轉頭問阿嬤，「佛光山也有抽籤、解籤詩這玩意喔？」

阿嬤是家裡的「老仙覺」，尤其是她至誠的信仰「佛教」，問她應該沒有得不到解答的事，不過今天遇上「抽籤」這個部分，可也考倒她了。

「呃？」

就阿嬤所知，她隨著分會夥伴回山來都是朝山或是禮佛，從來不曾聽過有師父為信眾解籤詩，怎麼已丑年才剛開始，就真的「牛」轉乾坤了？

阿嬤這個人是屬於好學不倦、不恥下問的人，只見她隨口就向正在取鞋要穿的年輕小姐問道，「小姐，你們進抄經堂有抽籤喔？」

「嗯。」

「那是抽什麼籤？」

「呃……就……」小姐結結巴巴了半天，也說不出個所以然，末了還攤開手掌晃了晃，讓阿嬤看看她手上捲成一個類似孔雀捲心餅大小的紙捲，「就抽這個來寫啦！」

「嗄？」四個大人齊聲呼出口，這下子他們更糊塗了。

就在這時，一個師父從抄經堂對門的辦公室走出來，笑咪咪的向他們一家人招呼，「阿彌陀佛。」

「阿彌陀佛。」全家老小七個人一起回應。

典峰心想既然看到師父，那跟師父說要集印蓋章，師父本著慈悲為懷，一定不會不肯，於是毫不遲疑的將手上那張春節平安燈會的巡禮集印往前一送，「師父，我們要蓋章。」說得像吃進滑溜細麵一樣順嘴，一點也不畏怯，而且也不忸怩。

師父垂眉看著，笑容依然在臉上，輕輕說著：「先來抽個號碼，抄寫法語，寫完再蓋章。」

「……」七個人之中有三個大人明白了師父的意思，只有阿公和三個小孩一樣是霧煞煞的，到底是要寫什麼呢？

師父經過他們身邊先踏進抄經堂的外間，見他們一家還杵在門外，便又走到門口再次微笑邀請，「既然來到抄經堂，來抄寫個法語體會佛法深義一下啊！」

集翔如意也以微笑回應師父，隨即相互對看一眼，馬上在眼神裡達成無言的共識，兩人率先進入抄經堂外間，才一踏進，義工師姊效率超高的馬上迎向前，好讓他們輪流抽出號碼。

「11號，請到那位師姊那裡拿法語進堂裡抄寫。」師姊指點如意方向，然後換讓集翔抽號碼。

「11號，呵呵，真神妙，同一家人抽到同一張法語。」

在師姊的語音裡集翔如意又快速對看一次，大有兩人的靈犀竟然連抽號碼都相應。

只要有人帶頭示範，後來的人就會群起效尤，三個孩子看到爸爸媽媽抽號碼的過程不乏趣味，也就爭相要去拿號碼筒裡的籤了。

「來來來，排隊抽法語，哥哥讓妹妹好了，來，妹妹先抽，喔，7號，好，去那個師姊那裡拿法語和筆。」拿籤筒的師姊指引了筱薇後，再把籤筒遞向等著的源泉和典峰。

一家人各自抽了法語，當源泉和典峰手上拿著那一支號碼籤時，心裡都很確定，那個根本就是冰淇淋的冰棍嘛！源泉忍不住抬眼瞟了師父一眼，到底是這個師父有創意？還是純粹只是廢物利用？

而典峰則是望著手上的冰棍出神，真沒想到這也能拿來當籤讓人家抽，當下腦中閃過一個念頭，下回如果在學校裡要設計一種會用到籤的遊戲，那他也可以如法炮製一番，拿枝仔冰棍做創意發想，設計一個抽籤的桌遊，或是來個現代版竹籤，那一定超酷炫的。

「你們兩個還在做什麼，快進來抄啊！」剛踏進內堂的阿嬷回頭催著源泉和典峰兩兄弟，兩人還愣頭愣腦沒作回應，阿公就出聲喝止阿嬷了，「噓，人家都安靜在抄法語，妳也安靜一點。」

「噢。」阿嬷抬眼瀏覽抄經堂裡，還真是鴉雀無聲最高品質靜悄悄，人人埋頭認真寫著，連那小小兩三歲的孩子，也握筆低頭很認真的寫著。阿嬷聳聳肩、吐吐舌，露出不好意思的神情，那樣子有點滑稽，就連義工師姊們看了也忍不住抿著嘴笑。

阿嬷出聲喊典峰和源泉時，他們兄弟倆拿著各自抽到的24號和28號籤支，走向放法語的櫃子，這才看得仔細，法語總共三十二張，分別放在櫃子上的小架子，這個小架子有上下兩層，每一層又分隔成十六個小格子，每一格裡放著一疊法語。他們根本沒有機會自己抽取法語，因為義工師姊早已動作麻俐的為他們取出法語，還分別遞給他們一枝筆，「來，哥哥28號，弟弟24號，這是筆，到裡面找個位子，坐下來慢慢抄法語，抄完拿出來蓋章。」

「噢，謝謝。」

※※※

接過筆，典峰想起剛剛推門探看的時候，聽到師姊那一句「來抽號碼抄寫法語」，心裡曾經納悶懷疑過，究竟師姊所說的「法語」，是不是法國人說的那種法語？記得那當下心頭還曾經凜了一下，也對抄經堂正中央那尊佛像肅然起敬了起來，想想祂真是無比神通，不只台語沒阻礙，國語祂也懂，竟然連法語也都通。

這時他低頭仔細一看，發現師姊拿給他的是一張上面印著國字的細長紙條，典峰真是迷糊了，這上面明明是國字，為什麼師父和師姊都說是法語呢？師姊以為典峰是不清楚怎麼書寫，靠向前熱心跟他說明，「照著這上面的字描一遍，再拿出來蓋章捲起來帶回家做紀念。」

「呃？」典峰抬起頭來，師姊幹什麼跟他說這些？他的疑問又不是這個。

「快進去寫，你爸媽快寫完了。」

「噢。」算了，還是先寫完，再慢慢來研究這個「法語」吧！

※※※

一開始以為要用毛筆寫字，典峰還有股把法語還給義工師姊，乾脆走出抄經堂的衝動。可是想到師父和師姊先前都已經說過，抄完法語才能蓋章，為了集印，也就不再掙扎，勉為其難的進堂準備寫法語了。

剛選定一張桌子坐下時，兩兄弟分別對筆做了一番研究，只是源泉不想多花時間在無謂的事情上，外觀看不出所以然，也就不再多想，拔下筆蓋隨即寫了起來，這才發現這是時代進步的產品，科技化毛筆。

倒是典峰還在一旁極其用心的上上下下打量那枝筆，看到類似毛筆的筆頭，心情像夏日午後的天空瞬間烏雲密布，陰沉沉的不見光亮。偏頭一看源泉正寫得入神，心想哥哥真是厲害，三兩下就搞定這枝陌生的筆。

「哥，怎麼寫？」

「用手拿筆寫。」源泉頭也沒抬小聲說了個類似廢話的回答。

「哥——」

「煩哪，就這樣你是不會唷？」說著還認真比劃握筆架勢。

「像拿毛筆那樣啊？」

「不然咧？這筆是毛筆筆頭，不拿像毛筆那樣，難道要拿成鉛筆那樣啊？」

「厚，討厭，幹什麼用毛筆？」

「少廢話了，寫啦！」

「我……」

「我什麼我，就這樣寫就是了。」源泉再一次示範。

典峰依著哥哥的話，還沒把筆蓋取下，就把爸爸教寫書法時的握筆方法用上來，但是握起來總感覺怪怪的。

這時典峰發現這管黑忽忽的筆，筆身上印著墨筆兩個字。他向左側看了哥哥一眼，哥哥還是埋頭苦幹中，真無趣，他想跟哥哥分享，於是靠過去小聲的跟源泉說：「哥，這不是真的毛筆耶。」

源泉當然也知道手上的筆不是毛筆，只是他這時不想多耗時間在這無意義的事情上，從鼻孔哼出一聲催促弟弟，「快寫啦！」

源泉這話說了後，以為弟弟就會拔下筆蓋，握起筆就描，沒想到眼尾餘光一瞟，卻瞥見典峰還在研究手上的筆。

典峰很認真細究，可是看了半天也看不出個所以然，再一看全家人都埋首書寫，自己再不加油，一定會是殿後的一個，他才不想大家都離開抄經堂時，只剩他還在寫，於是不再多想，拔下筆蓋就奮筆疾書了。

第一筆剛下去，典峰就發現這筆和平常他用的鉛筆不同，也和原子筆、螢光筆、彩色筆大不同，筆頭真的如同哥哥說的，像毛筆那樣軟軟的，不由得讓他放輕放慢了動作，免得太用力會畫出一張平安符，那就太丟臉了。

醃腸電風扯不完

典峰目前是四年級學生，因為個性活潑，常常為了趕著要玩電腦遊戲或是看電視，作功課的速度宛如賽車，只顧著快快到達終點，其他一概不顧，所以寫出來的字，阿公說像跳舞，阿嬷說像畫符，哥哥直接批評他潦草，妹妹則是一切以完美為依歸，對典峰求快的態度不敢苟同外，還嗤之以鼻。

「小哥的字每個都牽絲，好噁喔！」

「你懂什麼？這叫風格。」

「什麼風格？」

「就是有我個人特色啦！」

「筱薇是說你那哪有風格可言，根本是『慘不忍睹』。」源泉加上一句註解。

「扯醃腸。」典峰氣極了，但是他拿哥哥沒轍，只能以喊他綽號來消氣。

「幹什麼？扯電風。」源泉鎮定的回敬典峰的綽號。

「扯醃腸。」

「扯電風。」

「扯醃腸。」

「扯電風。」

「你們兩個麥閣ㄘㄨㄚˋ了（不要再扯了），我才是大ㄘㄨㄚˋ（大蔡）啦！」阿公發聲阻止兄弟繼續爭吵，沒想到卻引來阿嬤的挖苦，「就是你姓了這個什麼『ㄘㄨㄚˋ』，兩個囝仔才會常常扯過來扯過去。」

「嗄？」

阿公挺無辜的，兩兄弟因為都有同情弱者的心腸，一分鐘前還劍拔弩張的情形剎那間完全消除，分別靠向阿公，典峰甚至說了，「阿公，你是『大蔡』，我是『小蔡』。」

典峰故意用國語發音，是為了安撫阿公，沒想到還是落入諧音的惡夢。

「小哥，你說你自己是『小菜』，哈哈哈，真好笑。」

「呃？」典峰壓根沒想到他巧用心思的說法，還是讓妹妹抓住把柄取笑了，不禁有點懊惱。

「告訴你，你別傷腦筋要扳回一成，套一句阿嬤說的，我們姓了這個姓，就得認了。」

源泉這一番話，從阿公到典峰，聽來都不無道理。

※※※

關於典峰作業簿上的字，爸爸曾經給過八個字的評論，「活潑有餘、穩重不足」，那時他還追著爸爸問這句話的含義。

「爸爸，什麼是『活潑有餘、穩重不足』？」

「小哥，你很笨呢，爸爸是說你的字像活潑的魚啦，這個也不知道？」才剛進小一的筱薇以她的方式解讀，自然是為家人引爆了笑氣，全家人紛紛為之絕倒。

「聽妳在亂臭彈，好吧，那妳再告訴我什麼是穩重不足？」

「呃……」筱薇哪裡知道什麼是「穩重不足」，小哥要她說出個道理，她又撓腮又抓頭的硬擠出所知的幾個字，在這被逼問的節骨眼上拿來應付一下，「應該就是吃粽子的士兵吧！」

「吃粽子的士兵？」祖孫三代共四人一齊出聲，那一聲明明白白說出常下棋的他們心中的疑惑，吃粽子的士兵和「穩重不足」哪裡扯上關係了？

「吃粽子跟穩重有什麼關係咧？而且還是士兵……」

源泉想破頭也想不出個所以然，更別說硬要筱薇解釋的典峰，他愣頭的模樣活像一尊丈二和尚呢！而阿公也是不停摩娑他那顆平頭，大有不知其所以然的困惑。四人之中只有中生代的爸爸，不消多想就知道是他的寶貝女兒兜錯字了，絕對是信手拈來抓幾個同音字濫竽充數。

「小薇，妳說的『穩重不足』到底是哪幾個字啊？告訴爸爸。」

「就男生女生玩親親的那個吻，呵呵……」講到吻字筱薇還縮肩作羞澀狀，「端午節吃粽子的粽，部首的部，和你跟阿公下棋的棋子卒嘛！」

「啥？妳是說吻粽部卒？這是什麼士兵？喔，妳也幫幫忙！呵呵……」典峰自己也捧腹大笑。

「哇靠，蔡小尾，我還真服了妳了，居然能把穩重不足拆解成這樣。」源泉不知是該稱讚妹妹匠心獨具，還是要感嘆她的硬掰瞎扯工夫一流？

「人家爸爸是說典峰的字太龍飛鳳舞，才……」源泉一看妹妹那張無法了解的臉，霎時想到她可能不明白他所用的「龍飛鳳舞」一詞，於是停頓下來，自己也不知該要如何接續下去，唉，總之要和妹妹說道理，簡直是秀才遇到兵——有理說不清。

※※※

這段往事在抄經堂裡突然冒出典峰心頭，不由得他抿嘴一笑，不管是「穩重不足」還是「吻粽部卒」，他都不想要，那……就好好寫吧！

寫到第三個字，典峰　改剛開始的握筆不順，不知不覺中似乎找到了竅門，他很認真一筆一劃描著，嘴裡也細細唸著紙條上的字。

「年年不忘春耕，自然能夠秋收；時時不離助人，自然能得人助。」

看到助人兩個字，年前和哥哥與妹妹合資捐贈愛心年菜的事突然浮現腦海，因為正寫著助人兩字，典峰念頭因此飛到還可以怎樣幫助需要被幫助的人？以及有誰需要被幫助？

不想則已，一想，簡直像編劇一般，一路想下去了。

典峰想到，或許可以邀哥哥和妹妹，在社區發起一個愛心捐助活動，向社區裡的各戶人家勸募，再把募來的錢拿去幫助人。

太好了，就這麼辦。

不過，要怎樣跟人家說呢？哥哥最厲害了，他一定想得出方法。

想到這兒，一方面也因為不曾握過自來水墨筆，握久寫字手也會瘦，典峰於是停下來甩甩手，趁機歪過哥哥那邊，本想和哥哥分享自己的點子，正巧看到哥哥寫的法語。

「生來之福有限，故應惜福；積來之福無窮，故須培福。」感覺似懂非懂。

剎那間心裡有一種想法，不由得教他再度敬佩起堂前供桌上那尊佛。佛祖知道他才小學四年級，所以抽到的法語是他看得懂的，哥哥六年級，再一學期就要讀國中，所以給他抽到深一點的句子。

難怪剛剛有聽到師姊跟其他來抄寫法語的人說很靈驗，還真的是呢！

依照這樣看來，妹妹抽到的法語該不會是有注音的吧！

典峰突然很想看看筱薇抽到的是什麼，抬起頭來，卻看見前座有個兩歲左右的小男孩站在椅子上東張西望，典峰心頭又多了一個疑問，這麼小的孩子會寫法語嗎？該不會是畫出一張符吧？

其實源泉一開始寫法語的時候也很不習慣，那枝自來水墨筆握起來沒有握毛筆的順手，筆管似乎比小楷毛筆粗了一點，感覺像是握著原子筆或鉛筆，但是因為它的筆頭是軟性的，就不能像操作鉛筆、原子筆那樣的用力與隨性。這枝第一次看到的墨筆，怎麼拿都沒有握著鉛筆寫字的方便，要好好的完成一個字，得花費平時數倍的時間，手裡抓住的是筆，可是心裡卻感覺好像抓著一隻桀驁不馴的小猴子。

奇怪的是，等到寫了一行字稍微進入情況之後，那枝筆握在手裡幾乎感覺不到它的存在，一筆一劃寫得可快樂了。

誰都沒想到這一坐下去，照著紙條上那淡淡字形描寫，竟就和那兩行字心靈相通了。等到典峰寫完自己那張法語，拿著筆、法語和集印單交還給義工師姊，想跟哥哥說他的愛心勸募發想，卻是瞥見哥哥又抽了一張法語進去寫，以致沒能抓住機會和哥哥說說自己的想法，一時間輸人不輸陣的心思湧起，也學起哥哥再寫一張，一回頭卻見妹妹是走向抄經堂外間的大桌上，拿了大張的十修歌進堂去寫，當下他就想怎可讓妹妹比下去，待會他也要拿一張十修歌來寫寫。

三個小孩彷彿正倒吃著甘蔗，越寫越發的有了興趣，他們就這樣在抄經堂裡安靜專注的寫著，似乎已經從那張字數不多的法語中，體會到什麼玄機似的。他們在堂內寫得不亦樂乎，阿公阿嬤和爸爸、媽媽則在外間矮櫃上靜心等待。

時間一分一秒過去，阿公忍不住站起來向堂內探頭看看，三個孫子還是安坐椅子上，十分專注的抄寫著。阿公沒辦法，只好又走回矮櫃坐著，沒幾分鐘瞥見有人走出來，以為是自家的孫子，屁股一提又站了起來，這才發現是不認識的人，只好再悻悻然的坐下。

不一會兒看見源泉和典峰先後出來，阿公以為孫子已經大功告成，帶著微笑就要招呼孫子過去他們身邊，沒想到源泉又抽了幾張法語，典峰則學筱薇那樣捧著十修歌，匆匆又進去，阿公那隻剛舉起的右手瞬間像漏氣的氣球，乏力的垂了下來。

這一切看在如意的眼裡，她知道阿公快耐不住性子了，於是撥撥集翔的手，向他耳語，「你去叫孩子們快一些，說讓阿公等太久了。」

這話當然也被阿嬤聽到了。

集翔正想站起來，卻被阿嬤一隻手按了下去，「孩子有心想寫就讓他們多寫一下，別理你阿爸，老人家還那麼沒耐性。」阿嬤的這一段話幸好沒被阿公聽到。

「他們還要寫多久？」阿公歪斜身體向內探一探後自問著。

「小孩子肯這樣認真抄，表示有佛緣，真好，真好。」阿嬤的回答偏向自言自語。

集翔如意兩個當爸媽的人，當然也樂見孩子願意在莊嚴肅穆的抄經堂裡臨摹法語，這對他們三個小孩應該不無啟發，倘若孩子因此而種下學佛善根，未嘗不是件好事，以後不但可陪著阿嬤禮佛、習佛，在他們個人的行為上也會有正向影響。

四個人兩對父母等了好一會，新春期間來來去去抄寫法語的人潮，一直沒有斷過，義工師姊和師父裡裡外外直忙著。阿公在人多時走出抄經堂，如意向集翔使個眼色，示意他跟上，她則和阿嬤留下來等孩子。

沒過多久，阿公和爸爸先後又回到抄經堂，義工師姊一時沒注意，又把號碼筒往前遞去，「抽個號碼，抄寫法語。」

阿公臉沉沉的，集翔趕緊代為回答師姊，「我們剛剛寫過了，在等小孩。」

「噢，那裡面坐著等嘛！」

「謝謝。」

這時，第三代最幼小的筱薇正拿著她後來加寫的十修歌，面帶笑容的步出內堂，以愉悅步伐走向家人。

「媽，妳看我抄十修歌。」

「來，我看看。」媽媽扶著紙的邊緣，口裡細細念著。

「一修人我不計較，
二修彼此不比較，
三修處事有禮貌，
四修見人要微笑，
五修吃虧不要緊，
六修待人要厚道，
七修心內無煩惱，
八修口中多說好，
九修所交皆君子，
十修大家成佛道，
若是人人能十修，
佛國淨土樂逍遙。」

如意讀著讀著頻頻點頭微笑，一旁的集翔也附和，阿嬤當然更不用說了，她心裡可樂的呢，以後這些孩子可能會主動要求她帶他們上佛寺。

老三出來沒多久，老大也一臉滿足笑咪咪的步出內堂，但他是先走向義工師姊，請師姊幫他捲法語。等他走向家人這邊，雙手一攤，「你們看，我寫了七張法語。」

「哥，你幹什麼寫七張？」

「因為一個星期七天啊！」

「嗄？」大家都不懂一星期七天跟寫七張法語什麼關係。

「我剛剛抽的時候，有在心裡跟佛祖說，哪一張是為哪一天抽的，七天都不一樣耶！」源泉說著頗是滿意的把手上的法語捲捧向胸前，珍寶般的護著。

「那我們看看是哪七張啊？」阿嬤比誰都還好奇。

「哎呀！」源泉似乎不想公開。

「源泉，給阿嬤看。」爸爸一下令，源泉不敢不聽，於是先攤開一張，全家人因此一齊擠向前圍觀，在抄經堂外間角落形成一個壯觀畫面。

「今天星期三，剛剛抽的那張是『生來之福有限，故應惜福；積來之福無窮，故須培福。』」

「哥，這什麼意思啊？」筱薇先開口問，最後出來的典峰也不甘寂寞擠上來要聽聽哥哥怎麼解說。

「嗯……就是說除了要惜福，還要……培福。」源泉發現自己雖然大約明白這張法語，但要加以解說還真是不容易。

「那什麼又是培福？」

「就……」源泉一時語塞不知如何回應，幸好集翔接下去說，「就是說平常就要多做好事，這樣慢慢會累積很多福氣。」

集翔的話正是一劑強心劑，典峰一旁笑著，他就是要邀哥哥妹妹一起培福。

「再一張、再一張，看看是什麼？」阿嬤比小孩還好奇。

正當源泉要解下第二捲的塑膠套時，卻被阿公大手握住，「好了，要看到什麼時候，回家再看嘛！」阿公順便還瞅了阿嬤一眼，阿嬤嘴一抿也就不再多說了。

阿公適時的阻止，解除了源泉的危機，因為攤著他寫的法語讓家人觀看的同時，也會有其他信眾靠上前來一探究竟，那令他有點不知所措。

「走了吧！」

阿公口令一下，全家又依序魚貫步出抄經堂，離去時人人在阿嬤帶頭示範下，都不忘再向師父和義工師姊說聲「阿彌陀佛」。

※※※

「哥，我剛剛想到一個點子，你來，我跟你說。」典峰邊穿鞋邊跟源泉說。

「什麼點子？」

「就……」典峰斜傾上半身說。

這時源泉正低頭要從鞋櫃取鞋來穿，突然一個小男孩猛的用力拍了一下源泉的背，那響亮的一聲，教低頭穿鞋的源泉和說著話的典峰不由得同時抬起頭來，而已穿好鞋剛下幾個階梯的阿公和阿嬤，也以為發生了什麼事，都帶著驚訝神情回過頭去看。

「是你喔，林家牛。」源泉一看原來是班上綽號叫「林家牛」的同學，沒想到到了南部竟然也能遇見在苗栗同校同班的同學。

五年級重新編班後，源泉才和林家牛同班，他其實姓牛不姓林，會被喊成林家牛是因為作業簿上的名字橫寫，班上同學愛搞怪，故意從另一頭念回來，一個好好「牛家林」就變成不倫不類的「林家牛」了。

「扯醃腸，你也來佛光山喔？」

「是啊。」源泉也回問，「你們家也是佛光山信徒？」

「……」牛家林眼珠子骨碌碌轉著，卻沒回答源泉的問題。

已經先一步下了樓的阿公阿嬤聽得眉頭緊蹙，原本以為只是平常自家兩個孫子互相取笑對方，才會扯電風扯醃腸的沒完沒了，沒想到連在這佛門聖地，也難逃被同學這樣大剌剌喊出「扯醃腸」的命運。

兩老彼此對看一眼，也各自都有一種想法，自己家孫子的名字好像真取得不太好。不過，再想到被源泉喊做「林家牛」的孩子，名字取得更怪，怎麼會好端端的叫「家牛」？這家父母是要孩子像牛一樣耐勞耐操嗎？

只是新春時候在這個清淨佛門，兩個小孩又是醃腸又是牛的喊來喊去，很讓阿嬤感到不自在，如果讓山上的師父們聽見了，多難為情啊！這麼想的時候，還下意識左右看看，幸好只有民眾沒見有師父。

「我們全家都來。」源泉說著還用手指向已經站在長廊的家人，牛家林並沒有順著源泉的手勢看去，他兀自說著：「我是和我阿姨來的。」然後就要蹦跳上樓了。

「上樓要抄法語喔！」源泉為人先作預告，牛家林沒聽清楚想回頭再進一步問仔細，卻是從樓上傳來中年女人的催促。

「阿林啊，快來啊。」

「我阿姨在叫我了。」

「那你趕快上去吧！我阿嬤他們也在等我。」

牛家林臨上樓前只問了一句，「什麼是抄法語？」

源泉根本沒時間多說，只簡單扼要說了，「很好玩、很有意思。」還順手把他抄的七個小紙捲舉高讓上樓的牛家林看一眼，「我抄了七張喔！」

「七張？什麼七張？」牛家林才又問這一句，已不見源泉的影子，反是一隻手提住他的領子，「趕快進來，拖拖拉拉的。」

原來是阿姨等不及，乾脆自己動手來拉他，牛家林還在想著源泉手上的小紙捲，但也完全沒辦法從那手指寬的小紙捲領悟到什麼。

一家三隻小天兵

牛家林進抄經堂了，源泉的腳已經套上鞋子，但他卻愣愣看著抄經堂那扇木門，帶點還沒分享完他抄法語心得的惋惜。

「哥，我剛才說的你覺得怎樣？」典峰已經穿好鞋，一隻手擱在鞋櫃。

「你剛才說什麼？」

「就……」典峰靠在源泉耳朵窸窣一番，越說越得意，擱在鞋櫃上的右手往後一揮，不小心揮到了鞋櫃上那個放DM的壓克力架，壓克力架立刻「咚咚」的摔下鋪了地毯的樓梯轉角平台。

「呵呵……」有小孩看見呵呵笑著。

「夭壽喔，彈到人會痛呢！」老阿婆這樣說。

「阿彌陀佛。」有人撿起那個壓克力架，再輕輕擺回原來位置，還不忘提醒典峰，「小朋友，小心一點，這樣很危險喔！」

「噢。」典峰帶著尷尬撓撓後腦，轉身趕快要逃離現場。

剛剛聽了弟弟的新點子，源泉心裡正燃起一股運作想法，或許該跟弟弟好好商討一番，卻是因為弟弟一個閃神推倒了ＤＭ壓克力架，而中斷了他們之間的談話，現在弟弟更是因為心虛而逃之夭夭。於是源泉也加快動作，三階做兩階呼呼就往下跳去，幾個正要上樓的民眾，面對源泉突如其來的跳躍，紛紛左閃右躲，避之唯恐不及，偏就有人因為閃避而撞在一起，「唉唷」一聲響起，正是源泉兩腳穩穩著地的時候，他一方面竊喜自己手腳靈活，另一方面也沒忘記向人道歉，只是背著人說的「對不起」三個字沒人接受，互撞的兩人有志一同，都是惡狠狠的瞪著源泉的後腦勺，其中一人還加了句罵辭，「誰家孩子這樣沒規矩？佛寺裡還像潑猴一樣亂蹦亂跳的，要是撞傷了人，看你怎麼辦？」

倚著欄杆等著的集翔如意和阿公阿嬤，將這瞬間發生的事一一看進眼裡，集翔如意揪緊了眉頭，想不透兩個孩子到底談些什麼，怎會抄完法語，才出抄經堂就出紕漏？

「抄那麼多張也沒見效，還是一樣調皮，真是見笑。」阿公喃喃道。

「那是他們不小心的。」阿嬤護著孫子，「你沒看源泉也跟人家說對不起了。」

「妳再這樣寵孫子，會把他們寵壞的，人家古早話在說『寵豬舉灶，寵子不孝』，妳忘記啦？」

「我什麼時候寵集翔了？你說。」

「我不是說妳寵集翔，我是在告訴妳不要太寵孫子。」

「你剛剛明明說『寵豬舉灶，寵子不孝』，現在就硬拗到說我寵孫子。」

「我那是譬如的，妳怎麼這麼番？」阿公有點受不了阿嬤。

「啥？你講我番？我哪裡番了？」

新春期間山寺裡人來人往，集翔如意夫妻倆深知父母向來愛抬槓，如果沒能及時將他們隔開，肯定會越盧越精彩。夫妻兩人默契十足，分別走向父母，如意挽起婆婆的手，往孩子交頭接耳處走去。

「媽，我們來看看典峰和源泉兩兄弟在說什麼悄悄話？」

「也好，省得被你阿爸氣死。」

集翔則是以肩臂半拐半推的把老爸轉了個方向，現在正對著一盆盆栽品頭論足了。

「集翔啊，你看這枝椏就是要這樣雕才好看。」

「是啊，阿爸。」

「典峰、源泉，你們兩個是在做什麼？下個樓梯蹦蹦跳跳，打翻了架子還撞了人……」阿嬤剛剛和阿公抬槓的氣還沒消完，對著兩個孫兒叨叨絮絮念著，嘮叨未竟，背後傳來一聲帶著哭腔的撒嬌聲。

「阿嬤、媽，妳們都不等我……嚶嚶……」

一干人聞聲立刻回頭，筱薇也正蹦蹦跳到跟前，又是一陣撒嬌，「厚，阿嬤，妳和媽媽都是有哥哥就好，妳們都重男輕女，哼，我不跟妳們好了。」

「阿嬤最疼妳了，哪裡有重男輕女？」阿嬤嘻嘻笑著把筱薇攬到身邊，典峰順著阿嬤的話故意糗道：「阿嬤哪是重男輕女？阿嬤根本是重女輕男。」

阿嬤被典峰這樣一說，為要表示自己男孫女孫一樣疼，索性伸出另一隻手，也把典峰攬到身體另一側。

源泉自認年紀夠大，才不跟弟弟妹妹玩這種爭寵把戲，他很認真想著剛才弟弟提出來的點子，覺得很有新意，正喃喃著：「這個可以好好研究研究。」

「源泉哪，你在碎碎念什麼？」阿嬤苦於沒能有第三隻手可以攬他們蔡家的長孫。

「喔，我……」源泉把已到舌尖的話再吞回喉嚨深處，想想，為善不欲人知嘛，何況弟弟的提議也還沒有完整計畫，如果說出來，有可能壞了往後

的發展，乾脆還是先不說的好。

「我有話要跟典峰說啦。」源泉眼睛瞟向典峰，示意他藉機掙脫阿嬤的手臂，兄弟果然默契十足，源泉才使個眼色，典峰立刻明白，右手一抬，推開阿嬤的手臂，同時呼出一口氣，大有掙脫被挾持的不自在。

「哥……」典峰才跳到源泉面前，源泉就半拉半跑的拉開和阿嬤、媽媽、筱薇等三個老中小女生的距離。

「典峰，你剛剛那個提議很好，可是對象呢？」

「什麼對象？」

「我們募了款要幫助的對象啊！」

「喔……」典峰頓了頓說：「筱薇班上那個林月環嘛！」

「你神經病啊？」源泉順手拍了典峰後腦。

「呃？」典峰摸摸自己的後腦，還想不出為什麼捱了哥哥這一拍。

「林月環全家都死了，你募給鬼啊？」

「啊，對喔，嘻嘻。」典峰尷尬笑笑，幸好現在在佛寺裡，佛祖一定會保佑自己的。

「啊，對了，說不定可以為牛家林募款。」

「就剛上樓去抄經堂的那個同學？」

「嗯。」

「他有什麼值得人家同情並且為他募款的？」典峰這句話說得很實際，源泉盯著他看了好一會，他沒想到平常散散的弟弟，也會思考到問題的核心。

「哥，你看什麼？」典峰被看得渾身不對勁。

「喔，沒啦，我是在想牛家林的狀況。」

「大哥，你們在說什麼？」

源泉和典峰回頭一看，筱薇也脫離阿嬤的箝制了，兩人對看一眼，分別以眼神詢問對方，要不要讓筱薇加入勸募行列。兩個哥哥詭異交換眼神的表情，筱薇完全看在眼裡，她料定哥哥們一定又在進行什麼不為人知的行動，這就引起她的興趣了。

「哥，你們不必在那裡眨眼睛，我知道你們一定在『密謀』什麼。」

「密謀？」典峰重複說了一遍，源泉則不說話只是盯著妹妹看，這個小小一年級，居然也會用「密謀」這個詞，那就不能太小看她，當下也就決定讓她加入勸募團。

※※※

假期很快就過去，新學期緊接著而來，家長首要面對的是孩子的註冊費。在景氣當好的時候，所有的問題都不是問題，該繳交的費用，做父母的一定事先就為孩子準備妥當。

然而一波襲捲全球的金融海嘯，重創了許多行業，所產生的問題過了一個年，依然在社會各個層面持續擴散。因為家長放無薪假，因為企業關門裁員，連帶的衍生出繳不起營養午餐費，以及籌不出註冊費的情形比比皆是。

幾乎每天都有這樣的新聞，陸續而來的是被迫輟學的人數持續攀升，以及孩子成長所需的營養問題。每當阿嬤看到電視播出這樣的新聞，鼻頭都會為之一酸，這是因為阿嬤幼年經歷過苦命的生活，她很能感同身受。

「可憐喔，咱政府應該要照顧這些國中小學生，營養午餐就免收錢嘛！」

「是啊，是應該要這樣才對。」阿公也持相同看法。

正是這個時候源泉對牛家林的家庭狀況有了更深一層的了解，牛家林的媽媽在他三年級時罹患癌症死了，在建築工地打零工的爸爸從高樓摔下受了傷，在沒有收入的狀況下，牛家林和爸爸跟弟弟一家三口陷入了苦境。源泉把這種情形告訴典峰和筱薇，他們兩個都同意募款處女作的對象就設定牛家林。

真正進入募款行動後，三個兄妹很認真的做了一個募款箱，並且決議先從住家社區三棟大樓的第三棟開始進行，再依序往第二棟和自己家的第一棟募款，將來如果有需要再擴大勸募範圍。

「阿姨您好，我們學校有一個同學媽媽生病死了，爸爸受傷不能工作，家裡很窮，請您捐一點錢幫助他。」兩個哥哥負責口說勸募，妹妹負責抱募款箱。

「你們哪個學校？」

「我們是建功國小。」

「捐錢給幾年級的同學？」

「要捐給六年七班牛家林。」

源泉的立刻據實回答，讓提問的阿姨放心，轉過身，阿姨進屋裡拿了錢塞進募款箱裡。

「謝謝阿姨。」三兄妹一齊行了鞠躬禮。

三個兄妹因為募到第一筆款項而心情愉快，儘管剛剛那個阿姨投入的是紅色的百元鈔票，但好的開始是成功的一半，他們情緒更加昂揚的按下另一戶的門鈴。

這家來開門的是一位男士，看見他們三個捧著一個募款箱，心裡已經有數。

「叔叔您好，我們學校有一個同學爸爸受傷不能工作，媽媽也死了，他和弟弟生活很困難，可不可以請您奉獻一些幫助他？」

「你們很乖很棒。」說著一掏就是千元大鈔。

「謝謝叔叔。」又是集體敬禮。

三個人就這樣逐層逐戶的按電鈴勸募，

大多數人都很有愛心，願意慷慨解囊，但也有少數人不給他們好臉色，他們因此碰了不少釘子。

比如七樓有一戶人家，丈夫和太太一起應門，三兄妹話都還沒開始說，那兩夫妻就一唱一和的說個沒完。

「這管理員是在幹什麼的？怎麼讓外面的孩子隨便跑進來？」

「是啊，我們每個月繳那麼多管理費，難道是繳假的啊？」

「真是的，管理員越來越混了。」

「我看下次開管委會的時候，要提出來，不然還得了。」

「叔叔、阿姨您好，我們學校有一個同學爸爸受傷不能工作……」源泉找個縫隙趕緊插話，卻是才講到一半就被掐斷，「去去去，別來這套。」

然後「砰」的一聲關起他家大門，三兄妹被這對無禮夫婦的言行舉止給搞得目瞪口呆，面面相覷了好一會，典峰心裡有氣的說：「真是沒愛心的人。」

「典峰，不能這樣說人家，我們要尊重每個人的想法。」

「哥，到十樓去啦，九樓的人都怪怪的。」

筱薇會這樣說源泉不意外，實在是因為剛才九樓另一戶住戶聽他們說是募款，臉色馬上拉了下來，雖然還是投了錢到募款箱，不過是投了兩個十元。那人進屋後，典峰用氣音說了，「好小氣喔！」

「嗯。」筱薇附和。

「你們別這樣。」源泉直到離開了那家大門才以低嗓音說：「我們是一元不嫌少，萬元不嫌多。」

「最好是會有人捐出一萬元啦！」典峰不認為會有這樣大愛心的人。

「我相信一定會有的。」

三兄妹原以為十樓住戶會像他們在三、四、五樓遇到的住戶那樣有愛心又「阿莎力」，廢話不多說，立刻就掏錢捐獻，卻不知道，十樓人家竟比九樓的住戶更難纏。

「叔叔您好，我們學校有一個同學爸爸受傷不能工作，媽媽也死了，他和弟弟生活很困難，可不可以請您奉獻一些幫助他？」

「同學爸爸受傷不能工作是嗎？」那位男士邊說邊回頭向屋裡的人打個暗號，三兄妹心裡都以為他是要屋裡的人拿錢出來捐。

「是。」三兄妹如實回答。

「他媽媽死了是嗎？」

「是。」

「他和弟弟生活很困苦是嗎？」

「是。」

「你們三個是他的同學？」

「不是，我們是兄妹。」

「你們兄妹一起做這種事？」

「是啊。」

「你們爸媽呢？」

「他們在家。」

「他們不反對？」

「不會吧？」三人自認這是善事，爸媽應該是會支持的。

這人持續和源泉三兄妹對話，都沒有拿錢出來的舉動，三兄妹只是覺得奇怪也不疑有他。數分鐘後，轄區兩個警員從他們背後的電梯走出來。

「是你報案的嗎？」

「是的。」那人回答警員後，指著源泉三兄妹說：「這三個兄妹來這裡說是募款，我看八成是詐騙集團找來的小車手。」

「我們不是。」

「你亂講。」

「我們才不是呢！」

三兄妹沒想到事情的發展變成這樣，激動得爭相表明。

「警察先生，請你們要聯絡他們父母，要家長好好關心孩子、管教孩子。」

「這個我們會做。」警員之一回答那位先生，另一位則是跟源泉三兄妹說：「小朋友，跟我們回警察局再說吧。」

原來，十樓的先生把他們當成詐騙集團，他回頭看屋裡時，是要他太太打電話報警。源泉等三人被帶到警察局後，警方馬上聯繫爸爸媽媽，結果是家裡的四個大人都到了警察局。

「唉唷，源泉、典峰、筱薇啊，你們怎麼被抓來警察局？」阿嬤人才一腳踏進警局，聲音就鑽進全部的人耳朵裡。

「啊，您不是建功國小的愛心阿嬤？」有一個警員認出阿嬤，「這三個是妳孫子喔？」

「是啊，我這三個孫子是犯了什麼法？」

「啊……這……」員警噤口一想，這之中恐怕誤會的成份大，「可能是誤會了。」

員警推了四把椅子請阿公阿嬤和集翔如意坐，然後把三個小孩在社區大樓募款的事說出來，住戶報警的事都還沒說出來，集翔和如意就說了，「源泉，募款的事怎麼沒先跟我們說呢？」

「大哥說為善不欲人知啦！」筱薇搶白。

「呃……我想說這是好事，你們一定會贊成。」

「我們一定是贊成的，但是你不能不說啊！」媽媽說。

「說了，妳一定會說要怎樣怎樣，那就都要聽妳的了。」典峰說。

「聽你媽媽的不好嗎？」

「總比你們現在好吧？」

阿公阿嬤輪流說完，集翔接下來請教警員，既然三個孩子是在勸募，怎麼會進了警察局？

「蔡先生，是這樣的，美都社區C棟十樓住戶報警，說他們是……」員警還頓了一下才說出以下四個字，「詐騙集團」。

「啥？講我孫子是詐騙集團，你們也卡幫幫忙咧，他們這樣子有像嗎？」阿公幾乎從椅子上跳起來，阿嬤也不遑多讓，乾脆站起來把滿肚子怨言一口氣全倒出來，「平平都是美都社區的住戶，難道十樓住戶不認識？不然也問問三個孩子住哪裡，好好說就好，何必一定要報警，還把我孫子都『抓』到警察局？真是小題大作。」

「阿母，人家是C棟，咱是A棟，有可能人家不認識我們啦！」集翔看阿嬤話中有氣，忙著安撫。

「那……不然他們看這三個孩子這麼可愛的臉，也該知道不是詐騙集團。」阿嬤還是不滿那戶人家的作法。

「愛心阿嬤，沒事了，妳也不要生氣了，那位先生也是小心啦，實在是現在有太多詐騙案件了。」

誤會解開後，源泉三兄妹跟著阿公阿嬤和爸爸媽媽回家，回家後四個大人分別在他們的募款箱裡投進為數不少的紙鈔。爸爸還另外製作了一張厚紙卡，上面寫著「各位親愛的社區住戶們，這三位是我A棟八樓蔡集翔的孩子，他們正在為建功國小六年七班牛家林同學募款，請各位發揮您的愛心，感謝。」

「爸，我們募款箱上面還要多插這一張喔？」典峰覺得多了一張大卡片很彆扭。

「多這一張，你們才不會再被當成詐騙集團的小車手。」

「是啊，才不會再被『抓』去警察局。」

「阿嬤，我們才不是被『抓』去警察局的，我們是坐警車去的。」

「坐警車很光榮啊？」媽媽吐嘈一句，筱薇吐吐舌不敢再說話。

之後幾天他們利用放學回家做完功課後進行勸募，有時是飯前，有時回家功課多，他們就會用飯後的時間進行，直到報紙地方版披露這個消息，學校順勢予以嘉獎後，社會局也因為報導而介入，三兄妹的勸募行動才告終止。

愛心嬤提供早餐

因為相繼有不同電視台報導弱勢家庭的孩子經常有一頓沒一頓，多數弱勢兒童沒吃早餐就去學校，這樣的話題在蔡家也隨著電視新聞的播報而打了開來，上自阿公下至筱薇紛紛討論起這個讓人憂心的社會現象。

「我們班同學都沒吃早餐就來上學了。」典峰把握時機說道，但他才說完，源泉就抓住他的語病，「什麼？你們班同學『都』沒吃早餐就去上學，那你也沒吃囉？」

源泉這一說，全家人都笑了，阿公還吐嘈典峰，「平常吃最多的人還說都沒吃，呵呵……」

「阿公——」典峰忍不下阿公的取笑，才要抗議，阿公卻已閃進廁所去了。

「好了、好了，我知道你沒有吃最多。」阿嬤的安慰還算差強典峰的意。然後，筱薇抓到這空隙說了她班上的現有情形，「小哥班上有人才沒吃早餐而已，我們班有人沒吃早餐，而且還沒交午餐費……」

「現在是怎樣？在比誰的同學比較淒慘嗎？」源泉覺得妹妹的語氣不太對，可是當事人是小天兵筱薇，她沒能感覺出自己說話語氣的不對勁，

「呃？大哥，你說什麼？」

「源泉，妹妹還小，你就別抓她語病了。」是爸爸打圓場，源泉才不再細究。

「是誰？」典峰問筱薇。

「什麼是誰？」話題被源泉打斷的筱薇，才這一瞬就忘了剛剛自己說了什麼。

「厚，妳真笨呢，就妳剛剛說的沒吃早餐又沒交午餐費的那個啦！」

「喔，那個啊，就凌美菱啊！」從筱薇的語氣就知道典峰認得她同學。

「嗄？咻米漿也這麼慘喔？」典峰開口這樣說。

「什麼咻米漿也這麼慘喔？米漿一杯十元還好吧！」剛從廁所出來的阿公，根本沒弄清他們兄妹說的是人不是米漿。

「阿公，不是啦，那是筱薇的同學啦！」

「啥？筱薇的同學沒早餐吃就夠慘了，連米漿也沒得喝，那還真是慘，真是可憐哪！」阿嬤的話讓筱薇傻眼，她的同學是很可憐，但連筱薇也不知道凌美菱是不是沒米漿可以喝，阿嬤怎麼會這樣天才，可以把不相關的事都兜在一起。

筱薇還沒想出怎麼回應阿嬤，喜歡發表高見的典峰又說了，「阿嬤，筱薇的同學就是因為名字叫咻米漿，所以她就真的沒有米漿可以喝。」

「哪是按呢（台語，意思是怎麼會這樣）？」

「亂講，阿嬤，小哥亂講，才不是這樣咧！」筱薇急著一旁又是跺腳又是揮手。

「好好好，妳別急，妳說，不然妳同學是怎樣才沒米漿喝？」

「唉唷，阿嬤，咻米漿是她的綽號，根本和喝不喝米漿沒關係！」筱薇用力說著。

「哦——是說和喝不喝米漿沒關係，那你們同學為什麼要把她取個咻米漿的綽號？」阿嬤問得很正經，筱薇被阿嬤打敗了，哥哥和阿公則是笑了，而爸媽是早就習慣家裡祖孫的雞同鴨講。

「筱薇啊，妳就別再跟妳阿嬤解釋了，會越描越黑，妳阿嬤聽不懂的。」阿公轉頭又對阿嬤說：「有空我再跟妳說為什麼筱薇的同學綽號叫咻米漿。」

「嗄？你知道？」阿嬤瞪大眼睛看著阿公，帶著不可思議的表情。

「是啊……」阿公還在思索，筱薇趕快跟阿公說：「阿公，我同學的名字叫『淩美菱』，台語念起來就……」這次換筱薇沒說完，阿公就自顧自的呵呵笑著：「呵呵……原來如此……」

阿嬤一看老伴和孫兒們心意相通，自己倒變成走不進圈圈的外人，不由得眉頭一皺，懊惱了起來。熟悉阿嬤個性的阿公趕忙哄著阿嬤，「阿綿，你怎會想不通？筱薇她同學就以前太愛喝米漿，所以被同學取了一個綽號叫『咻米漿』，就是這樣嘛！」

阿公的避重就輕顯然發揮了作用，阿嬤轉而眉開眼笑，筱薇和哥哥不禁佩服起阿公來了。

「這些孩子真是有夠可憐，從前還有好日子過，現在景氣一差差成這樣，家裡沒錢，吃飯都成問題，怎麼會有精神和體力讀書呢？」阿嬤不捨的說道。

「所以我們老師會讓賣大輪打包營養午餐回家。」典峰無緣無故又冒出個賣大輪，又教阿嬤愣住，「筱薇她們班有個咻米漿，怎麼你們班出個賣大輪，是因為他們家在賣黑輪嗎？」阿嬤自行推論當然是錯誤的。

「不是啦，阿嬤，他的名字真的叫『麥大倫』。」

「喔。」阿嬤頓了一下又說了，「這家的爸爸媽媽真好玩，怎麼把孩子取這樣的名字。」

「誰知道了？」源泉感同身受的說：「爸爸還不是給我取了一個好玩的名字。」

「對啊。」

「我的也是。」

連妹妹和弟弟也深有同感。

「怎麼會？」阿公說。

「你們的名字都是你爸爸想了又想，和你媽媽討論出來的，好名字呢！」

「對啊，源泉、典峰、筱薇，多好的名字！」阿公跟在阿嬤之後把三人名字念了一次，三個孫兒也隨著自我調侃道：「對啊，醃腸、電風、小尾，有夠奇怪的名。」

三人不只扁嘴，還加動作，阿公和阿嬤互看一眼後，很一致的將目光移到兒子媳婦身上，眼神裡發出「怎麼會這樣」的訊號。爸爸媽媽聳聳肩，他們其實也完全想不到，最初為孩子取名字時，自認是一等一的好名字，哪裡曉得等孩子上學後，這些名字一個個都變了樣，端不上檯面了。

「你們這些孩子最喜歡用名字諧音喊人……」媽媽還沒說完，典峰搶著說：「好玩嘛！」源泉撥他的手要制止他，已經來不及了。

「你喊別人覺得好玩，別人喊你也是好玩啊！」

「呃……」宛如媽媽塞給他一粒麻糬，典峰這下噎得說不出話來。

源泉不想讓媽媽再以名字綽號說教，趕緊巧妙拉回原來的話題。

「有的同學除了沒吃早餐沒精神，還整天愁眉苦臉的呢！」源泉開口說了這一句引起大家好奇，同聲問道，「為什麼？」

「很多人的爸爸媽媽被迫放無薪假，沒有收入心情不好在家就吵架，吵完架再罵小孩，小孩當然心情不好啦！」

「這樣下去問題很大。」

「還有，像典峰他們班的賣大輪能打包營養午餐，已經算不錯了，有的爸爸失業了沒給家裡知道，結果媽媽一天到晚跟爸爸要錢，爸爸也很煩，大人煩成一團，小孩也沒多好過，一不小心就成了出氣筒，我們班有個同學就是這樣，他在班上說他爸媽三天一小吵，五天一大吵，吵得他受不了，乾脆常常不回家。」

「哥，你同學翹家喔？」典峰大吃一驚，哥哥班上竟然就有逃家同學。

「也不算啦！」

「你不是說他常常不回家？」

「但他是去他伯父家，這樣不算翹家吧？」

「這樣也不太好吧，伯父家總是別人家啊！」阿嬷語重心長說道。

「不過我同學說他伯父很喜歡他，還會帶他出去玩。」

「他伯父應該要勸勸他爸爸好好管理情緒，勸他媽媽共體時艱。」爸爸也加進一句，卻是帶給筱薇很大的困擾。

「爸，什麼是『共體石肩』？我只聽阿嬤說她得過『五十肩』，到底『共體石肩』是什麼？」

「？？」筱薇的話讓在場每一人問號連連。

「筱薇，說妳笨妳還不信，『共體時間』怎麼會和『五十肩』有關？」典峰自以為自己很懂的為妹妹解說：「『共體時間』的意思是大家一起共同把握時間，這樣妳懂了嗎？」

「嗯，我知道了。」

「呵呵，典峰，你簡直是亂說一通嘛！」源泉戳破弟弟。

「本來就這樣。」

「我聽你在放屁，爸爸說的『共體時艱』的『艱』是艱難的艱，不是time時間的間，講得好像你多懂似的。」源泉忍不住拐了弟弟手臂一下。

「是這樣的嗎？爸。」典峰不信哥哥的話，轉而向爸爸要確切答案。

「源泉說的沒錯，你和筱薇都弄錯，『共體時艱』是說大家要同心協力面對困難一起度過難關。」

「哦，原來是這樣啊！」

筱薇的恍然大悟，引來阿嬤更深沉的感嘆。

「唉，大人如果不會互相體貼，就可憐到孩子。」

「呃？」三個孫子是不清楚共體時艱和互相體貼有什麼連帶關係。

阿嬤非常不忍心因為經濟問題致使許多孩子沒吃早餐便去上學，慈悲心一起，某天之後阿嬤每天早上一定多準備幾份早餐，再分別整理好裝在環保袋，一路提在手上，陪著孫子一起上學。

阿嬤開始準備愛心早點的第一天，三個孫子看見餐桌上那一堆三明治，個個是一頭霧水。

「阿嬤，妳買這麼多三明治要做什麼？」筱薇驚訝。

「阿嬤，妳要去賣三明治嗎？」典峰的好奇，阿嬤沒回應。

「阿嬤，我們一個人一個就夠了，典峰愛吃，頂多再一個就好，不需要買這麼多吧？」源泉說得更白，卻是戳到典峰的弱點，引來他抗議，「我哪有愛吃三明治？」

「好啦，不是你愛吃啦，阿嬤是要你們帶去學校的。」阿嬤忙著分裝。

「可是，阿嬤，學校中午有營養午餐呢！」

「筱薇，阿嬤知道學校有營養午餐。」

「那為什麼還要我們帶三明治，而且每一個袋子還不只裝一個，這會撐死人呢！」典峰說。

「呸呸，小孩子亂講話，什麼會撐死人？這又不是要給你們吃的。」

「呃？」三個兄妹難得同時出聲，「不是給我們吃的？那……是要給誰吃啊？」

「你們幾個再想想，阿嬤為什麼要多買這麼多三明治？」原本都不作聲的阿公這時拋出了問題。

「啊，我知道了，阿嬤要在我們學校門口賣三明治。」典峰還是提了阿嬤作生意的這句老話，卻被一致認定是瘋言瘋語，不只哥哥妹妹罵他「瘋子」，連阿公阿嬤都說他太勢利了。

「你阿嬤這麼愛錢嗎？」阿公護著阿嬤。

「對啊，我怎麼會去賺你們學生的錢嘛！」

「你們幾個難道還沒聯想出來嗎？」媽媽忍不住也說話了，源泉三兄妹同時搖頭表示聯想不到，媽媽於是接著說：「阿嬤是愛心阿嬤，你們忘記了嗎？」

「阿嬤是愛心阿嬤沒錯啊！」

「可是愛心阿嬤和這些三明治什麼關係？」

「再想想看。」

「……」三兄妹還是搖頭。

「真是的，這樣也聯想不到。」媽媽不無失望的說：「這些三明治阿嬤是要帶去你們學校，給你們三人班上那幾個家裡出狀況沒吃早餐就上學的同學……」媽媽話未說完，筱薇就站到阿嬤面前，遞出她手中正要拆開的三明治，「阿嬤，我的這個也可以送人。」

有道是輸人不輸陣，妹妹都願意奉獻她的早餐了，做哥哥的人怎能落人之後呢？於是剛拆封的源泉將包裝再黏回去，也交給阿嬤，「阿嬤，這樣又可以多幫助一個人。」

這一切看在手腳俐落已咬下一口三明治的典峰眼裡，實在掙扎痛苦，阿嬤買的燻雞三明治真是好吃，可是哥哥和妹妹都能捨了，他怎麼可以捨不得，於是沒來得及仔細多想，典峰也把缺了一口的三明治塞給阿嬤，「阿嬤，我的也可以送人。」

「啥？」阿嬤愣住了，面對典峰這個三明

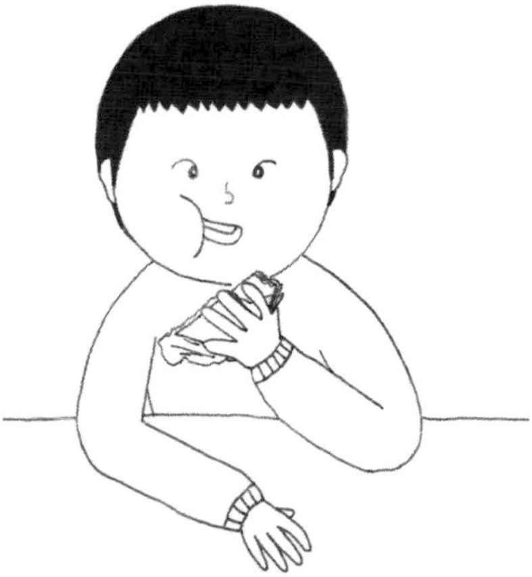

治不知該不該接？

「你已經咬了一口，還想送人？」媽媽說。

「對嘛，沒衛生。」妹妹酸他。

「沒誠意。」哥哥吐嘈他。

在哥哥和妹妹的嘩然聲中，典峰乾脆把手縮回來，大口大口吃著他的三明治，兼還回敬哥哥妹妹一句，「平常我們一起吃東西，我吃過你們的口水，你們也吃過我的口水，怎麼那時你們都沒說不衛生？」

這話果然像在源泉嘴巴硬塞個大芭樂，一時間他只能「呃」的喉頭出了一聲，其他再也無法反駁了。

筱薇則是尷尬得苦笑，還好有阿嬤幫忙說話解了圍，「你們都很有慈悲心，但是自己的身體也要好好照顧，自己夠健康，才能關心別人，所以啊，每個人都要吃三明治。」

阿嬤的話讓三個孫兒都如釋重負，源泉和筱薇只好拆著包裝，吃起三明治來了，典峰則是聽了倍感窩心，一掃剛才被說沒衛生、沒誠意的陰霾，也高興的吃著他的早餐。

吃著吃著，點子特別多的典峰，又想到了前次他和哥哥妹妹的社區勸募行動，不但幫牛家林家募到了十五萬元，還獲得學校頒獎肯定。他想，這個方法或許也可以用在這個部分。

「哥，我跟你說……」典峰傾身向著鄰座的源泉，準備提出自己的看法，誰知媽媽挑眉一看，畢竟孩子是她懷胎十個月生下的，她看見典峰眉尾勾起二十度角，唇邊含著一抹得意的笑，心裡就猜著，這孩子別又想出什麼花招才好。

「什麼事？」

「就我想，我們可以再一次……」

媽媽光是聽到再一次，就猜出

八九不離十，趕緊發聲喊住典峰。

「典峰，你可別再慫恿源泉搞什麼社區勸募活動喔！」

「媽，你怎麼知道我要跟哥哥說這個？」典峰詫異媽媽讀出他的心思。

「你是我生的，我當然知道啊！」媽媽被典峰一說也不無得意，幸好也沒昏了頭，「但是請你們別再『舞這種齣頭』（台語，意思是搞這種把戲）。」

「媽，為什麼？」筱薇問：「為什麼我們不能組織社區勸募團？」典峰都還沒把筱薇列為勸募團的一員，筱薇已經自動加入。

「這是做好事呢！」

「對啊，我們要幫忙那些需要被幫助的同學。」

媽媽聽著兄弟倆一前一後的說法，一方面是高興孩子善良，有一顆關懷弱者的心，但另一方面又不無憂心，因為前次舉動多少驚擾了社區鄰居，媽媽心裡對鄰居也不無抱歉。倒是爸爸還想深入了解孩子的動機跟想法，於是開口問了，「你們怎麼會有這樣助人的想法？」

「春節時我們去佛光山抄法語，我抽到『年年不忘春耕，自然能夠秋收；時時不離助人，自然能得人助。』哥哥抽到『生來之福有限，故應惜福；積來之福無窮，故須培福。』我們就想幫助別人就是在積福啊！」

「你們有這樣的善念很好，願意做好事也是很棒的行為，不過這個社會是個分工合作的社會，每個人在自己的崗位上盡力扮演好各自的角色，才是要緊的。」爸爸先肯定孩子的善舉，然後再分析事理，「我們台灣有中華社會福利聯合勸募協會，有家扶中心，有世界展望會，有勵馨基金會……等等很多社福組織，經由這些組織募款，可以讓善款作更有效的運用。你們現在是小學生，學生的本份就是盡力充實知識，其他的就交給專業人員處理，是不是更理想？」

「對啦對啦，你們爸爸說得對，這個事交給阿嬤做就好了。」阿嬤喜孜孜的說。

「嗄？」爸媽和二個孩子都傻了，阿嬤到底在說什麼？是她要去勸募嗎？

「爸，阿嬤是勸募的專業人員嗎？」

「呃……」爸爸還支吾著不知如何回應典峰的話，阿嬤總算也明白子孫的疑慮，忙作解說：「勸人捐款這種事我卡憨慢（台語，意思是笨拙）。」

「那不然，阿嬤，到底什麼事交給你做就好？」還是典峰發問的。

「就買一些早餐給你們那些沒吃早餐的同學吃的事啊！」

「噢。」

「這個事喔！」

「ㄘㄟ」

三兄妹都有被阿嬤唬弄的感覺，還好阿嬤接下來說了，「你們存好心，我就做好事嘛！」

「對啦對啦，那我這個就是說好話囉！呵呵。」

阿公最後也來插花，一家人因此哈哈大笑。

開了眼界新體驗

因為春節期間去了一趟佛光山，源泉三兄妹竟然因為法語所感，而在生活中落實了善行，這讓蔡家前兩代滿是欣慰，將一句廣告詞做轉換，那就是「學佛的孩子不會變壞。」

三個兄妹一路走來對於行善布施也漸生興趣，尤其每當放學後安坐桌前寫回家功課，不經意抬頭便會看到各自貼在桌前壁上的法語，就會想起明亮安靜的抄經堂，想起抽號碼抄法語的滿足，心裡便會燃起再去一次的慾望。

「大哥，阿嬤什麼時候會再去佛光山？」

「我哪知道，你自己去問阿嬤。」

從大哥處得不到答案的筱薇，真的就踅進阿嬤房裡偎著阿嬤問：「阿嬤，我們什麼時候再去佛光山？」

阿嬤偏轉過頭來露出狐疑眼神看著這個小孫女，「筱薇，妳想要再去佛光山啊？」

「嗯啊。」

「為什麼？」

「喜歡啊！」

「喜歡佛光山哪裡？」

「抄經堂。」

「嗄？喜歡抄經堂？」抄經堂是拿筆抄經的地方，阿嬤想不透筱薇這個小女孩怎麼會喜歡上抄經堂，「為什麼？」

「人家很喜歡抄經堂的味道。」

「啥？」阿嬤一時迷糊了，她也去過抄經堂，抄經堂有味道她怎麼不知道，難道是自己的嗅覺出問題了，阿嬤下意識深吸一口氣，好測測嗅覺，「抄經堂有什麼味道？」

「嗯……」要筱薇說，她還真說不上來，倒是隨後跟著進阿嬤房裡的源泉，自以為了解妹妹，因此自做一番說解，「大概是抄經堂裡點了檀香的味道吧！」

「抄經堂裡有點檀香嗎？」阿嬤很認真的問。

「沒有嗎？」源泉反問回去。

「阿嬤，我記得沒有，是大哥記錯了。」沒進阿嬤房間只依著門框的典峰這樣說，他對源泉明白的否定，引來源泉不滿的一瞪，為了避免哥哥找他算帳，典峰快手快腳的逃離現場，源泉見狀提起腳跟也追出房間。

「你們兩個可不要打架喔，下次去再仔細看看就知道了。」阿嬤見狀拉高嗓門這樣說，筱薇一聽當場跳起來歡呼，「呵呵，阿嬤的意思就是要帶我們去佛光山了。」

「我們？」

「是啊，我和哥哥他們啊！」

「你兩個哥哥都沒說要去喔！」

「呃……」筱薇頓了一下，阿嬤說的也沒錯，不過她很篤定哥哥們應該也會喜歡去佛光山。

果然晚餐桌上典峰就出其不意的問了，「阿嬤，我們什麼時候再去佛光山？」

這種過去不曾發生的情形，教蔡家四個大人全都傻了眼，瞬間老年夫妻和中年夫妻彷彿被止了穴，個個都定了格。

媽媽最早恢復神智，以開玩笑的口吻說道，「現在是怎麼了？你們每個人都對佛光山產生興趣了啊？」

「人家阿嬤說大明寺的師父和師姊們都說學佛的孩子不會變壞嘛！」

「小哥，你什麼時候學佛了？」

「要妳管？」

「我才不要管你咧，搞怪鬼。」

「扯小尾，妳說什麼？」

「好了，別吵了，下個禮拜天大明寺的義工團要回去朝山，你們誰要去？」阿嬤趕緊發出邀約，適時消弭紛爭的擴散。

「我我我……」三個兄妹搶著回應阿嬤的邀請。

爸爸媽媽看了不禁笑了，媽媽還糗著他們，「你們是百萬小學堂看多了，都變成小西瓜和威力了啊？」

「嘿嘿嘿……」三兄妹又一起乾笑。

「但是……阿嬤，什麼是朝山？」筱薇拋出這樣一個問題，瞬間凝結了笑聲。

「呃……朝山喔……就是朝山……」阿嬤說了還是白說。

不過因為筱薇這一問，還真讓阿嬤靜下心來想，師父好像說過什麼是朝山？怎麼這個時候全部忘光光了？平常信眾隨著師父從山下依著佛號，三步一跪拜，一直拜到大雄寶殿就是在朝山，究竟它的意義是什麼呢？

全家大小目光全盯著阿嬤看，看得阿嬤窘極了，這時爸爸開口了，適時為阿嬤解開僵局，也讓三個孩子明白朝山的意義。

「朝山就是佛教徒的禮拜行為，和平常拿香、或是合掌禮拜是一樣的。只不過朝山是很多人成群結隊到山上寺院朝禮，隊伍很莊嚴很有威儀，在三步一拜的時候，身心都專注在禮拜上，就不會胡思亂想或煩惱其他的事，在這過程中同時也消除我們傲慢的習氣。」爸爸說完慈愛的摸摸筱薇的頭，「這樣妳懂了沒？」

筱薇只是點頭沒出聲，倒是典峰說話了，「原來朝山是這樣的啊，我還以為是去爬山呢！」

「爬你個頭啦！」源泉先損了弟弟一句，接著再說：「我記得我上次跟阿嬤去朝山，師父說朝山是在朝我們心裡的山。」

「厚，阿嬤，妳重男輕女。」筱薇抗議。

「阿嬤也疼妳啊！」

「可是你朝山只帶哥哥去。」

「是只帶大哥去，我可沒有喔！」典峰為自己發聲，「阿嬤只疼長孫。」

「你們兩個現在是怎樣？」源泉帶點嘲諷語氣，「酸葡萄心理。」

「唉唷，你們三個是吵什麼？」阿嬤先制止兄妹，接著再說：「那時筱薇妳才四歲太小了，還有我記得那天典峰發燒，我要是帶你去，怎麼朝山？」

阿嬤的話說完，筱薇和典峰都露出原來如此的表情，筱薇很快釋了懷，但她對於源泉剛剛說的話還是困惑到不行。

「嗄？朝我們心裡的山？我們心裡哪有山？」

「說妳笨妳還真是笨，就是要我們檢討反省啦！」

典峰的解說讓除了筱薇以外的家人大大的驚艷，尤其阿嬤的眼珠子都快從她兩扇百摺靈魂之窗掉出來呢！

可是畫龍點睛之後典峰卻又加上一筆，立刻就讓這條龍硬生生的變成了蛇，還是添了足的蛇。

「所以，阿嬤，我們也可以坐著朝山或躺著朝山吧？」

「我看你呀，朝你的枕頭山好了，不用跟阿嬤去佛光山了。」媽媽的說法不但引來哄堂大笑，還獲得源泉附議，「對，大睡豬，朝枕頭山就可以了。」

「阿嬤，你看，哥哥排擠我。」典峰向阿嬤求救。

「好了，好了，大家都別吵，三個都去，但是你們去山上要乖，我才要帶你們去。」阿嬤三令五申，三兄妹猛拍胸脯向阿嬤保證自己會聽話，「阿嬤，妳放心，我會乖的啦！」

「會乖最好。」

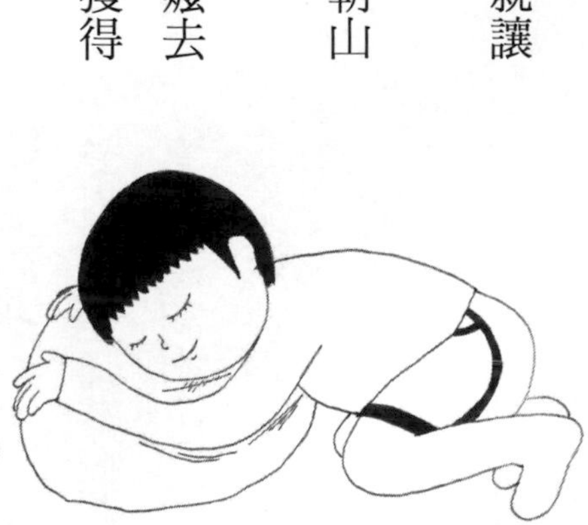

於是阿嬤幫三個孫子報了名，和大明寺的伙伴一起在星期六下午出發前往佛光山，當晚就住在山上。

典峰和筱薇從來沒在佛光山住過，顯得興奮無比。

「在寮房說話要輕聲細語，不可以大聲，知道嗎？」阿嬤交代孫子們。

「阿嬤，我們知道。」源泉代表回答。

「阿嬤，什麼是寮房？」筱薇以前不曾和阿嬤在寺院掛單（在寺院住宿，稱作掛單）過，不清楚寺院的用語。

「笨啊，寮房就是我們晚上睡覺的地方。」典峰回筱薇這樣一句。

「睡覺的地方為什麼要叫做寮房（修道者在寺院裡居住的房間）？」筱薇一副打破砂鍋問到底的神情，偏偏典峰也是只知其一不知其二，於是支吾其辭，「就……哎呀，人家出家人都這樣說嘛！住就住，幹什麼問那麼多？」末了典峰還敲了筱薇一記響頭，筱薇當然不依的哇哇大叫，「阿嬤，你看小哥啦……」

阿嬤一直不主動邀他們到佛光山，就是擔心三個小鬼出包，現在才到山上不久，馬上就有紛爭，之前在家裡的行前「訓勉」都沒了作用。

阿嬤開始有些後悔，幹嘛沒事搬個石頭來砸自己的腳，自己一個人來朝山多清淨啊！

阿嬤再想想，頭都已經剃下去了，不洗行嗎？既然三個孫兒也都跟上山了，難道要叫他們自己搭客運回去嗎？

阿嬤為了不想一夜沒得好眠，不得不垮下臉來先跟他們約法三章。

「典峰，這是寺院，你再不聽話，阿嬤下次不帶你來了。」阿嬤睇了典峰一眼，這句話總算有嚇阻作用，典峰縮肩作規矩狀，不過阿嬤還是不很放心的再說，「還有源泉、典峰你們兩個在男眾寮房要乖，不要搞怪，你們出來是代表咱們蔡家喔！」

「阿嬤，我們知道啦！」源泉和典峰兩兄弟當然清楚媽媽一向提醒他們的，一個人的行為舉止不但代表他這個人，還更進一步顯示出這家父母的教育結果，所以不能隨意，要守規矩，小心謹慎。

「阿嬤，為什麼大哥和小哥不跟我們住同一間房。」筱薇想到全家人外出旅行時，爸爸都會訂家庭房，全家人都睡在同一間，有趣得很。

「笨啊，我們是男生，妳和阿嬤是女生，這樣也不懂。」典峰又出聲了。

「可是每次我們家去旅行不是都睡在同一間房？」

「那是我們家自己出去玩，和來這裡不一樣。」典峰說。

「在山上我們還是一家人啊！」筱薇對著每個人說。

「筱薇，這裡是寺院，寺院清淨，男眾女眾要分開。」

阿嬤的回答等於沒說，筱薇還是霧煞煞，她其實還想問個清楚，可是源泉撥了撥她的手臂跟她說，「這是寺院的規定，照著做就對了。」

「噢。」筱薇也只好這樣了，不然還能怎樣。

※※※

隔天一早，蔡家兄弟也隨著同寮師兄早早起床，漱洗之後依著阿嬤前一晚指定的地點等阿嬤和筱薇，再隨著阿嬤走到不二門排班（佛門用語，意思是整隊），隨後有帶領的法師做程序說明，三兄妹看見大家都靜靜聽著，自然也不敢亂動。

雖是安靜聽著，但因比平時還要早起，典峰帶著睡眼惺忪聽講，可想而知是聽得零零落落，沒能有完整的理解；筱薇則是年紀小又好奇，老是東張西望，以致也沒聽得很明白。

等到開始朝山後，典峰才懊悔，這下糟了，要怎麼辦？機伶的典峰很快就鎮定下來，他打算採邊做邊看的方式調整，相信這樣就能不出差錯的朝山了。

筱薇呢？在信眾誦出第一聲佛號時，皺著眉可憐兮兮的向源泉射出求助的訊息，有過朝山經驗的源泉義不容辭幫助妹妹，他像小導覽員般的靠近筱薇，邊隨隊伍行進邊輕聲講解。

「念南無的時候不要動，念本師的時候把左腳跨出去，接著念釋迦這兩個字就跨右腳出去，念牟尼的時候再跨一次左腳，最後念完佛這個字，兩隻腳併攏跪拜下去就對了。」

筱薇因為大哥的講解而豁然開朗，在此同時她也抬眼看了典峰一眼，典峰卻是瞅她一眼，彷彿在說，「這樣懂了嗎？」

筱薇噘著嘴，心裡恨恨說著，「又不是你解釋的。」

不過儘管經過源泉解說，似乎瞭解了七八分，但還是實際操作最重要，所幸幾回生疏後慢慢就上手了。

為數不少的朝山信眾從不二門開始禮拜，大家都是動作一致的三步一拜，隊伍緩緩向前推進，同時還很有默契的齊聲頌讚「南無本師釋迦牟尼佛」，筱薇聽著覺得像悅耳動聽的曲子，心情自然平靜下來，不再像剛開始的第一步那樣緊張。

※※※

他們一整個朝山隊伍不疾不徐，慢慢三步一拜的行進，終於也拜到大雄寶殿前的成佛大道。

然後大家很有規矩依照順序進入大雄寶殿，在法師引領下進行三皈依（自皈依佛，當願眾生，體解大道，發無上心；自皈依法，當願眾生，深入經藏，智慧如海；自皈依僧，當願眾生，統理大眾，一切無礙。）和回向（將自己修行的功德回向饒益眾生，回小向大，自利利他）。

這些儀式完成之後，再由法師帶領朝山信眾走到雲居樓大齋堂（齋堂即寺院的食堂）過堂（即用餐，僧眾上齋堂用餐，不執著食物的好壞）。

蔡家老二和老三跟著隊伍行進的時候，發現由各個方向走向齋堂的出家眾和在家眾隊伍，都井然有序且安靜無聲，第一次看到這樣的情形，典峰和筱薇都感到好奇。這樣的情形和平常爸爸帶他們上餐廳時，噪音四起亂如菜市場的情況，簡直是天壤之別。

這些人怎麼都這麼安靜？

他們不會想跟左右同伴分享生活的事？這樣的秩序他們是怎麼做到的？因為這一想，突然又聯想到，為什麼來到佛門大家就都能守規矩，可是平常都做不到？尤其是他們小學生。

※※※

典峰和筱薇第一時間都很想和源泉分享心裡的感覺，嘴巴剛想張開，就被周圍莊嚴肅穆的氣氛影響，嚥了嚥口水，很自然就把已到舌尖的話再吞回去反芻，所有在進入齋堂的發現與悸動，都只能等到吃飽早飯出了齋堂再說了。

隨著隊伍走進齋堂後，兄妹三人跟著大眾先向上問訊（合掌彎腰向佛菩薩或長老大德、老師請安）。之後再拉開椅子坐下去，三兄妹看著前排小心翼翼搬動椅子，完全是最高品質靜悄悄，左右對看了之後，一反在家裡拉開椅子的粗魯舉動，而是雙手略略端抬椅子，以避免一個不小心發出聲音，破壞了齋堂的寧靜。

在佛寺第一次過堂的典峰和筱薇，像極了進了大觀園的劉姥姥，一切都新鮮。

源泉雖然有過堂的經驗，但是間隔已久多少還是有生疏的感覺，還好他反應靈敏，往右看著阿嬤的動作，就想起取飯菜的順序，先將菜盤收進來，再取饅頭和豆漿。

當他做這些動作時，聯想到阿嬤昨晚雖然已口頭教過，但弟弟和妹妹不曾有過堂的經驗，這會兒還是有點小擔心他們兩個。

不過當他往左看一眼妹妹，發現她倒也聰穎，早就依樣畫葫蘆的按順序取回菜盤、饅頭和豆漿，可想而知，坐在筱薇另一邊的典峰一定也做得很好。

在齋堂吃飯和在家裡完全不同，出奇得安靜，除了糾察師父（寺院殿堂、齋中，負責維持秩序，使一切行儀如法的法師）的聲音外，沒有其他人在說話，糾察師父還會請帶手機的人把手機調成靜音。

筱薇想想，這樣也對，吃飯時就是要專心吃飯。

筱薇同時還發現了一個大不同的現象，那就是吃飯前要唱供養咒，吃飽飯也不可以椅子一拉就走人，要坐在位子上等大家吃完，因為還要一起唱頌結齋偈，感謝所有的人努力，才有這樣一餐豐盛的餐點可以享用，除了感謝之外，也祈求讓世界上所有的人都能享受豐盛富足的生活，這點和基督徒的謝飯有異曲同工之妙。

筱薇感覺這趟來對了，跟隨阿嬤朝山，自己則增加很多新體會。

尤其齋堂用餐的經驗，讓她想起在學校讀經時讀過的「一粥一飯，當思來之不易；半絲半縷，恆念物力維艱。」

一時間全湧上心頭，覺得自己是世界上最幸福的人。

宗人相守幸福事

打從第一個孫子源泉上小學開始，阿嬤因為陪他上學，而自願在學校門前當路隊指揮，進而加入源泉所就讀學校的愛心媽媽服務隊，阿嬤算是該服務隊輩份最高、年齡最長的一位，所有愛心媽媽們都稱呼她愛心阿嬤。

愛心阿嬤一做就上癮，幾年下來已是家喻戶曉的人物，甚至連鄰近學校的派出所警員也知悉。景氣看壞的年頭裡，阿嬤自掏腰包買早餐給貧苦孩子的作為，學校裡早已傳揚得人盡皆知，因此熟識的小朋友只要看到蔡阿嬤，常常不管距離多遠，扯開喉嚨就大喊「愛心阿嬤」。

源泉三兄妹因為阿嬤的高知名度，常有與有榮焉的感覺，典峰有時不免還會胸膛挺得高高的，流露幾分神氣模樣。看到這種情形，阿嬤也會適時開導孫兒。

「我們啊，做人不可以有驕傲的心，阿嬤只是出一點力、幫點小忙，又不是什麼大人物，你們不要以為人家稱呼我是愛心阿嬤，就以為阿嬤很了不起，就用下巴看人，用鼻孔出氣，不可以這樣，知道嗎？」

「呵呵，阿嬤，下巴怎麼看人？」

「筱薇，妳用點大腦好不好？阿嬤是要我們不要像典峰那樣，跩成那個樣子。」

「噢。」

「我哪裡跩了？你說，你說啊！」

典峰自認為源泉栽贓，心裡人不爽。

「下巴都朝天了，還不跩？」

「我哪有？」典峰話鋒一轉也想學著源泉掀他的底，「你自己不也用鼻孔出氣？」

「唔？」筱薇感覺小哥這話說得好怪，可就說不出哪裡怪。

「呵呵，笑死人了，我不用鼻孔出氣，難道我用嘴巴出氣？」源泉說著還張開鼻翼，讓兩個鼻孔瞬間變大，再用力一吸一呼。

「你……」

「好了好了，你們兩個都一樣，龜笑鱉無尾。」阿嬤假裝生氣的說。

「阿嬤，什麼是『龜笑鱉無尾』？」

「筱薇，龜笑鱉無尾就是說兩個人都差不多，半斤八兩啦！」

「噢，阿嬤，我知道了，大哥如果是龜，小哥就是鱉，對不對？」

「呃……」

「扯小尾，小心妳的小尾巴被扯掉。」典峰用言語反映心裡想法，源泉則是用握緊的拳頭給筱薇下馬威，阿嬤忙不迭勸導兩個孫子。

「你們兩個在家裡要疼妹妹，出去要好好對待其他小朋友，知道嗎？」

「嗯，知道了。」哥哥們低頭的模樣似是懺悔，倒是年紀最小的筱薇天真說道：「阿嬤，妳本來就很了不起，不過我不會用下巴看人的，眼睛又不長在下巴上面。」

「呃？呵呵……」阿嬤笑了。

※※※

有一天阿嬤和源泉三兄妹走在上學的路上，忽然聽到背後傳來急促呼喊聲音，「愛心阿嬤、愛心阿嬤……」

阿嬤和三個小孩立即回頭四處張望，想要找出聲音來源，只見一個小個子男生還在大老遠的路口，就邊喊邊跑從後面一路追趕過來，手上拉著的行李式書包，被他這一跑就像醉酒似的東倒西歪。

「愛心阿嬤、愛心阿嬤、呼呼……」小個子男生氣喘吁吁，連話都說不清楚。

「說什麼也說不清楚。」典峰小小聲嘟囔了一句，以為神不知鬼不覺，沒想阿嬤年紀雖大，聽力卻無比靈敏，馬上不留情的訓斥他，「典峰，你這樣的態度不可以，你沒看到這個小朋友跑得這麼喘，氣不順話當然說不好。」阿嬤轉個身一手輕輕拍著小個子男生的肩膀，和藹可親的說道：「別急、別急，慢慢來、慢慢說。」

小男孩站定後深深吸了幾口氣，不那麼喘之後，眨著泛著紅絲的眼睛，以乞求的眼神看著阿嬤。

「愛心阿嬤，我可以和你們一起走嗎？」

「可以，當然可以。」阿嬤笑著摸了摸小男孩的頭，還彎下腰幫他把掉出褲頭的上衣下襬紮進褲子，順手再平整一下那件皺得像畫出一堆鄉間小路圖畫的上衣。

小男孩個子比筱薇小，看起來年紀是相當的，阿嬤和藹的問：「幾年級了？」

「三年級。」

「嗄？三年級？這麼矮。」筱薇隨口就說，只見那男孩羞怯的垂下頭。

「筱薇，怎麼這樣說話？」阿嬤說了筱薇，沒想到白目大王典峰還特別回頭加上一句，「本來就是啊，筱薇才一年級，都比他高多了。」

走在典峰和源泉兄弟後面的阿嬤，伸出右手，以食指戳了戳典峰後腦勺，「你看路走好，沒說話不會被當成啞巴。」

「阿嬤，偏心。」典峰因為被罵而回頭瞪了小男孩一眼，嘴裡還窸窣唸著，「是偏心阿嬤，才不是愛心阿嬤。」

小男孩看在眼裡聽在耳裡，覺得有必要為愛心阿嬤澄清，他一個箭步向前拉了典峰背上的書包，典峰踉蹌了一下，差點兒往後倒在阿嬤身上，阿嬤一時也愣住了。

「欸，你阿嬤這麼好，大家都說她是愛心阿嬤，你卻說自己的阿嬤是偏心阿嬤，真不是阿嬤的好孫子。」

小男孩的話讓阿嬤感到窩心。

源泉也沒想到這個小個子男孩說的話還挺有道理，典峰在外人面前說阿嬤偏心，還真不是普通白目，不過更白目的是接下來說話的筱薇，她說：

「她是我們的阿嬤，又不是你的阿嬤。」

「呃？」小男孩瞬間啞口無言，氣氛也多了尷尬。

「一樣是阿嬤嘛！」阿嬤趕緊這樣說。

筱薇的話雖然是事實，但是阿嬤常說她是把每個小孩都當成自己的孫子，這麼一來，小男孩把蔡家阿嬤當成是自己的阿嬤又有什麼關係。

「愛心阿嬤，我沒有阿嬤，妳……」小男孩邊走邊仰頭說，那模樣像是在懇求阿嬤能夠疼他。

「你也可以把我當成你的阿嬤，你們學校每一個學生我都當成是自己的孫子啊！」阿嬤伸出右手攬住小男孩。

「真的嗎？」小男孩興奮的咧嘴笑了，但是他的眼睛卻像兩座蓄滿水的小湖。

小男孩靜靜的偎著阿嬤走，不多久就到了學校，幾個人這才發現小男孩的臉上爬滿了淚水。

「愛心阿嬤早。」校門口來來往往的學生和家長，許多認識阿嬤的人都和阿嬤打招呼，但也忍不住多看小個了男孩幾眼。

「早、早。」阿嬤也很有禮貌的回應，但是她心裡比較著急的是小男孩為什麼哭了，阿嬤於是把小男孩帶到邊上彎下腰輕輕問：「小朋友，你怎麼了？」

「嗚嗚……昨天我爸爸和媽媽吵架……」

「你爸媽為什麼吵架？」筱薇問。

「我媽跟我爸要錢，我爸爸說他沒錢，他們就這樣吵起來了……」

「就是為了錢喔……」這回是典峰說話，阿嬤覺得三個孫子在身旁反而礙事，就開口對他們說，「你們三個先去自己教室。」

「阿嬤……」筱薇還想賴皮。

「去，等一下就打鐘了。」

在阿嬤的堅持下，源泉三兄妹不得不先離開，他們其實還想多知道一些那男孩家裡的事。三兄妹沒走多遠，阿嬤又叫住了他們，「源泉啊，你們來。」三個人以為阿嬤大發慈悲要讓他們參與整個過程，興奮得拔腿回頭衝來，卻是只迎上阿嬤向前遞來的環保袋。

「這些三明治拿去給麥大倫、凌美菱他們幾個吃，阿嬤都分別用袋子包好了，你們幾個要拿對喔。」

「噢。」

原來是要他們送早餐，兄妹三人不免都帶著失望，只是邊走還邊回頭張望，企圖看出一點端倪，結果反而引起其他同學側目。

「扯醃腸，你在看什麼？」遠遠傳來牛家林聲音，這一叫倒讓源泉三兄妹轉移了目標，他們圍向牛家林，準備好好問問他，社會局對他們家做了怎樣的安排？

※※※

那天放學回家路上，三兄妹迫不及待要知道早上那個小個子男孩後來的狀況，三個人將阿嬤團團圍住。

「阿嬤，早上那個小個子後來怎樣了？」典峰先發問，筱薇接著起鬨，「對

啊，阿嬤，他們家是怎麼了？」

「走路看路。」

下午四點多的街道來往汽機車一波波呼嘯而過，阿嬤專注留意交通狀況，並沒有仔細在聽孫子們的問題。源泉當然看出阿嬤全神貫注在注意安全，心想弟妹們真沒找對時機，這時候問得出什麼名堂那才有鬼，於是他跟弟妹們說：「趕快回家，一邊吃點心再一邊聽阿嬤說。」

「好耶！」

筱薇和典峰興奮的叫聲引來阿嬤的注目，她愣了一會兒，卻是沒弄懂孫子們在高興什麼。

※※※

一進門，三兄妹才把書包丟進沙發，就忙著問阿嬤了。

「阿嬤，早上那個小個子後來怎樣了？」典峰問話還是一樣。

「什麼小個子？」阿嬤先是一愣，然後恍然大悟，「喔……那個啊，沒怎樣啊！」

「怎麼會沒怎樣？他不是說他爸媽吵架了？」筱薇說。

「他爸媽吵架就一定會怎樣嗎？」阿嬤反問，「你爸爸和媽媽也會吵架，吵了架有沒有怎樣？」

阿嬤抛出的問題，源泉三兄妹都各有想法。

小六的源泉心想，阿公阿嬤同住一起，爸媽吵架哪敢怎樣。典峰是想，說不定爸爸和媽媽會約在外面談判，等一切談妥，再裝作沒事一樣的回來。筱薇則是想阿公阿嬤是爸爸的爸爸和媽媽，做孩子的要聽爸媽的話，爸爸哪敢在和媽媽吵架時怎樣。

阿嬤之所以避重就輕這樣說，實在是不想讓孫子們接受太多社會陰暗訊息。早上經過瞭解，小個子男孩的家，已經因為這一波金融黑暗期，造成先生失業只能偶爾打打零工，做太太的可能苦得受不了了，用話揶揄先生，還拿上流社會奢華的生活來刺激先生，先生氣不過動手打了太太，這一打被太太控告他家暴。

阿嬤整個早上都在學校各處室奔走，就是想幫那個小男孩多做一些。

「妳真是愛心阿嬤呢！」學校老師稱讚阿嬤

「沒有啦！」阿嬤靦腆回答。

「做妳的孫子真幸福喔！」

「呵呵……」阿嬤笑了幾聲後有感而發說道，「說實在的，小孩子就該讓他們幸福的長大才對。」

「唉，這個……有些家庭恐怕有困難。」

「對啦，是有困難，不過我們做人就是能做盡量去做嘛！」阿嬤向老師拜託，「老師，那個三年五班的小男孩，你們就盡量幫忙，讓他可以好好讀書、好好長大。」

「會的，我們會處理，愛心阿嬤，妳放心。」

「拜託你們了喔！」

阿嬤看著眼前由大到小一字排開的三個孫子，他們會追著問小男孩的事，是因為他們關心這件事。

懂得愛與關懷，是做人的基本啊，家裡這三個孫子，活脫脫是三尊慈悲小菩薩嘛！想到這裡阿嬤不禁抿嘴微笑。

「阿嬤、阿嬤，你笑什麼？」

「阿嬤、那小個子他家怎樣了？」

「阿嬤，快說啦！」

雖然被三個孫子纏著打破砂鍋問到底，但是阿嬤想到自己兒子媳婦努力工作，才有穩定生活，這三個孫子也才能活潑健康長大，想想，自己真是幸福的老人。

轉念一想，從今天開始，她要把握每一個機會，告訴身邊每一個遇到的人，天下最幸福的事，就是一家人緊緊守在一起。

只要每一個人都好好做自己，努力認真，不要去管物質生活的好或不好，而是要學著珍惜全家相處時的點點滴滴，那是再多金錢也買不到的啊！

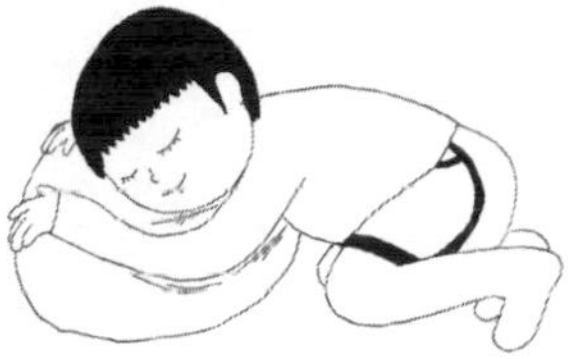

兒童文學33　PG1848

愛心嬤天兵娃

作者／王力芹
內頁繪圖／羅　莎
責任編輯／徐佑驊
圖文排版／莊皓云
封面設計／楊廣榕
出版策劃／秀威少年
製作發行／秀威資訊科技股份有限公司
114 台北市內湖區瑞光路76巷65號1樓
電話：+886-2-2796-3638
傳真：+886-2-2796-1377
服務信箱：service@showwe.com.tw
http://www.showwe.com.tw

郵政劃撥／19563868
戶名：秀威資訊科技股份有限公司
展售門市／國家書店【松江門市】
104 台北市中山區松江路209號1樓
電話：+886-2-2518-0207
傳真：+886-2-2518-0778

網路訂購／秀威網路書店：http://store.showwe.tw
國家網路書店：http://www.govbooks.com.tw
法律顧問／毛國樑　律師

總經銷／聯寶國際文化事業有限公司
221新北市汐止區康寧街169巷27號8樓
電話：+886-2-2695-4083
傳真：+886-2-2695-4087

出版日期／2017年11月　BOD一版　**定價**／250元
ISBN／978-986-5731-80-9

秀威少年
SHOWWE YOUNG

國家圖書館出版品預行編目

愛心嬤天兵娃 / 王力芹著；羅莎插畫. -- 一版. --
臺北市 : 秀威少年, 2017.11
面；　公分. -- (兒童文學 ; 33)
BOD版
ISBN 978-986-5731-80-9(平裝)

859.6　　　　　　　　　　106018741

讀者回函卡

感謝您購買本書，為提升服務品質，請填妥以下資料，將讀者回函卡直接寄回或傳真本公司，收到您的寶貴意見後，我們會收藏記錄及檢討，謝謝！

如您需要了解本公司最新出版書目、購書優惠或企劃活動，歡迎您上網查詢或下載相關資料：http:// www.showwe.com.tw

您購買的書名：______________________________

出生日期：________年________月________日

學歷：□高中（含）以下　□大專　□研究所（含）以上

職業：□製造業　□金融業　□資訊業　□軍警　□傳播業　□自由業

　　　□服務業　□公務員　□教職　□學生　□家管　□其它____

購書地點：□網路書店　□實體書店　□書展　□郵購　□贈閱　□其他

您從何得知本書的消息？

□網路書店　□實體書店　□網路搜尋　□電子報　□書訊　□雜誌

□傳播媒體　□親友推薦　□網站推薦　□部落格　□其他________

您對本書的評價：（請填代號　1.非常滿意　2.滿意　3.尚可　4.再改進）

封面設計____　版面編排____　內容____　文／譯筆____　價格____

讀完書後您覺得：

□很有收穫　□有收穫　□收穫不多　□沒收穫

對我們的建議：______________________________

____

____

____

請貼
郵票

11466
台北市內湖區瑞光路 76 巷 65 號 1 樓
秀威資訊科技股份有限公司 收
BOD 數位出版事業部

…………………………………………………………………………………

（請沿線對折寄回，謝謝！）

姓　　名：________________ 年齡：________ 性別：□女　□男

郵遞區號：□□□□□

地　　址：____

聯絡電話：(日) ________________ (夜) ________________

E-mail：____